KB020495

DREAMBOOKS

DREAMBOOKS★

DREAMBOOKS

DREAMBOOKS

무당괴공
9

김태현 신무협 장편소설
ORIENTAL FANTASY STORY & ADVENTURE

dream
books
드림북스

무당괴공 9

초판 1쇄 인쇄 / 2014년 5월 30일
초판 1쇄 발행 / 2014년 6월 5일

지은이 / 김태현

발행인 / 오영배
책임편집 / 편집부
펴낸 곳 / (주)삼양출판사 · 드림북스

주소 / 서울특별시 강북구 솔샘로67길 92
대표 전화 / 02-980-2112 팩스 / 02-983-0660
편집부 전화 / 02-980-2116 팩스 / 02-983-8201
블로그 / blog.naver.com/dreambookss

등록번호 / 제9-00046호
등록일자 / 1999년 3월 11일

ⓒ 김태현, 2014

값 8,000원

(주)삼양출판사 · 드림북스의 서면 허락 없이는 어떠한
형태나 수단으로도 이 책의 내용을 이용하지 못합니다.

ISBN 979-11-313-0064-0 (04810) / 978-89-542-5289-8 (세트)

* 지은이와 협의하에 인지는 생략합니다.
* 잘못된 책은 구입한 곳에서 바꾸어 드립니다.

이 도서의 국립중앙도서관 출판시도서목록(CIP)은
서지정보유통지원시스템홈페이지(http://seoji.nl.go.kr)와 국가자료공동목록시스템(http://
www.nl.go.kr/kolisnet)에서 이용하실 수 있습니다. (CIP제어번호: 2014017120)

武當怪公

무당괴공
9

김태현 신무협 장편소설

ORIENTAL FANTASY STORY & ADVENTURE

dream
books
드림북스

목차

第一章

천괴(天怪)

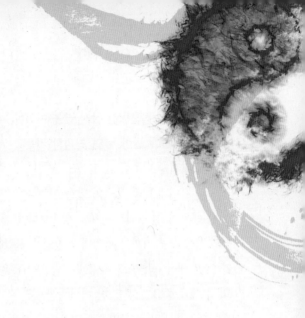

"현두를 돌려라!"

북진하던 뱃머리가 방향을 틀었다.

목표는 남쪽의 해남도(海南島).

배는 빠르게 파도를 가르며 나아갔다.

노대는 멀어지는 육지를 보며 적운비에게 물었다.

"혈마교의 추격대에게 쫓길 일도 없지 않느냐? 한데 어째서 남쪽으로 향하는 것이냐?"

적운비는 어깨를 으쓱거렸다.

"저는 정마대전을 일으키고 싶은 생각까지는 없어요."

"혈마교도 마찬가지일 것이다. 절강성에서 짐을 내린다고 해서 저들이 어쩌겠느냐?"

노대의 말에 적운비는 잠시 말을 아꼈다.

구궁무저관에 남아 있던 천괴의 기운과 자현원에서 만난 살수의 살기를 떠올린 게다.

그러나 이내 빙긋 웃으며 말을 이었다.

"천룡맹과 혈마교의 관계는 생각보다 돈독합니다. 비공식적인 통로라면 기꺼이 추적대의 진입을 허락할 것입니다. 제가 아는 태상이라면 그 과정에서 많은 이득을 취하려 하겠지요. 그에게 중요한 것은 단 하나니까요."

노대는 적운비의 설명을 들었음에도 마뜩잖았나 보다.

"늘그막에 해남도까지 가게 될 줄 누가 알았겠느냐? 네 덕에 유람은 원 없이 하는구나."

"해남에 관한에 지리서를 본 적이 있습니다. 아마 깜짝 놀라실걸요?"

"되었다. 늘그막에 놀랄 일이 뭐 있겠느냐. 그나저나 해남도에 가면 어찌할 생각이냐?"

적운비는 선창에 쌓인 궤짝을 떠올리며 말했다.

"금자와 은자는 소량으로 조금씩 유통시키면 될 겁니다. 그리고 전표는 세탁을 해 주는 자들이 있다니 그들을 이용해 봐야지요."

"세탁?"

"전표를 중원 각지의 전장에서 환전하고, 지급받는 식으로 출처를 가린답니다. 제값은 못 받겠지만, 워낙 거금이니 큰돈이 남을 겁니다."

노대는 탄성을 흘렸다.

"어찌 평생 강호에서 굴러먹은 나보다 네가 더 많이 알고 있구나?"

"아시잖아요. 할 수 있는 게 독서밖에 없었다는 걸."

"쯧, 괜한 말을 했구나."

적운비는 빙긋 웃으며 어깨를 으쓱거렸다.

"이제는 괜찮아요."

노대는 말을 아꼈다.

적운비의 표정을 보니 빈말이 아닌 듯하다.

그것은 곧 옛일을 어느 정도 털어 냈다는 뜻이니 절로 기분 좋은 미소가 그려졌다.

'일신우일신(日新又日新)이라…… 네 하루는 남과 다르구나.'

제아무리 적운비라고 해도 바다는 초행이 아닌가.

항해에 관련해선 선주에게 일임할 수밖에 없었다.

선미에서 시간을 보내던 적운비가 향한 곳은 배의 창고였다.

금괴와 은자가 담긴 상자는 관심의 대상이 아니었다.

적운비가 관심을 가진 것은 비고의 서가에서 가지고 온 서류 뭉치였다.

중원 각지의 전장에서 발행된 전표가 대부분이다.

또한, 민초와 어부들을 대상으로 한 염왕채의 계약서가 가득했다. 전표와 계약서는 향후 강남의 상권을 흔들기 위한 좋은 재료가 될 것이다.

적운비는 환한 미소를 지우고 미간을 찡그렸다.

'이게 문제인데……'

여기까지는 적운비가 혈마교의 비고를 털면서 예상했던 서류들이다. 하나 그 외의 것은 적운비로서도 예상하지 못했던 것들이었다.

혈마교의 비고에는 해도대상련과 관련된 계약서가 상당했다. 모두 이름 있는 상단이나 표국, 무관들과 행한 이면 계약서였다.

해도대상련의 심처에 있어야 할 주요 문서들이 혈마교의 비고에 있었던 게다. 그 말은 곧 혈마교와 해도대상련이 하나라는 뜻과 다르지 않았다.

'천룡대상단보다 훨씬 심하군. 아예 해도대상련이 하부 조직이었다니……'

적운비는 계약서를 살피며 혀를 내둘렀다.

일 년 가까이 해도대상련에 몸을 맡겼고, 실체에 상당 부분 근접했다고 여겼다. 심지어 련주와 원로까지 포섭했을 정도였으니 자만하는 것도 무리는 아니었다.

하나 해도대상련의 뿌리가 혈마교라는 것은 조금도 예상하지 못했던 바였다. 돌이켜 보면 자현원의 경계로 인해 계획을 수정해야 했던 것은 천만다행인 셈이다.

처음의 계획대로 혈마교와 해도대상련을 반목시키려 했다면 오히려 큰 위험에 빠졌을 것이다.

그 결과 적운비는 항로를 남쪽의 해남도로 돌렸다.

행적이 묘연해지면 혈마교와 천룡맹이 정보를 교환하더라도 비고의 흔적은 찾을 수 없을 것이다.

"흐음……."

한데 서가에서 가지고 온 것 중에서 묘한 서류들이 눈에 띈다. 그것들은 적운비가 해남도로 향하던 중 창고에 박혀 있는 이유이기도 했다.

평범한 서신으로 보였지만, 실상 내용은 온통 비문(秘文)이었다.

게다가 발신자와 수신자가 시선을 사로잡았다.

발신자는 해도대상련의 련주였고, 수신자는 혈마교의 집회원주였다.

천룡맹의 최고 의결기관은 천룡대회의다. 혈마교의 같은

기관이 바로 혈마집회였다. 혈마집회를 관장하는 집회원주는 원로원의 원주 중에서도 가장 연륜이 깊은 자가 맞는 것이 상식이었다.

즉 혈마교 서열 오 위권이라는 뜻이다.

'련주가 집회원주에게 극존칭을 사용했어. 그렇다면 해도 대상련이 혈마교에서 차지하는 비중은 그리 크지 않다는 뜻이겠군. 한데 비문의 내용을 알 수 없으니……'

적운비는 아랫입술을 잘근잘근 씹으며 골똘히 생각에 잠겼다. 하나 혈마교에서 수십 년간 사용한 비문을 한순간에 알아차리기란 불가능에 가까웠다.

*   *   *

혈마교의 기원은 다소 복합적이다.

마교의 이념과 마공에 해남도의 무공과 인력이 더해졌고, 남해의 민간 사상까지 섞여들었다.

그 결과 혈마교는 강남 전체에 지배력을 행사할 수 있었지만, 보통 종파와 달리 일인집권체제를 구축하지 못했다. 각 계층의 대표자로 구성된 장로회의 입김이 강했기 때문이다.

그러니 교주의 입장에서는 장로들과 함께하는 혈마집회가

탐탁지 않을 수밖에 없었다.

하나 혈마교주 혈천휴는 담담한 표정으로 혈마집회가 열리는 혈총으로 들어섰다. 그는 마공을 익힌 사람답지 않게 감정 표현에 인색했다. 혹자는 그를 가리켜 강시가 아니냐고 의문을 표할 정도였다.

"교주께서 입실하십니다."

집회원주의 외침이 있고 나서야 수뇌부들은 목소리를 가라앉혔다.

딱 거기까지였다.

수뇌부들의 시선에는 짜증과 분노가 가득했다.

특히 마맥을 이은 마대룡의 눈빛은 탐욕과 질시로 가득했다. 교주의 위아래를 훑어보는 모양새에서 존경을 찾기란 요원했다.

혈마교의 양대 가문은 혈맥과 마맥으로 대표된다.

혈천휴 역시 마대룡에게서 존경을 바라지 않았다.

그는 마대룡의 시선을 가볍게 넘기며 착석했다.

"시작하시게."

음울하지만 힘 있는 목소리, 그것만으로도 장내의 분위기가 바뀌었다. 장로들의 표정에는 불만이 가득했지만, 누구도 주도적으로 나서지 못했다.

혈천휴는 강하다. 그렇기에 혈마교주로 추대됐다.

다만 교주로서 속내를 드러내지 않다 보니 장로들이 불만을 토로할 뿐이었다.

"복건의 자현원이 뚫렸습니다."

"금은보화는 물론이고, 계약서와 염왕채를 비롯한 모든 서류까지 몽땅 사라졌습니다."

혈천휴가 나직이 침음을 흘렸다.

그리고 집회원주와 장로들의 표정도 일그러졌다.

혈마교의 지부가 뚫리거나, 해도대상련의 본단이 뚫리는 것과는 이야기가 달랐다.

자현원은 그만큼 특수한 장소였다.

현재 혈마교의 영역에는 총 일곱 곳의 자현원이 존재했다. 모두 그 지역의 세력과 관련된 물품을 비치하게 되는 것이 정식이다.

해도대상련의 주요 거처인 복건에는 자금과 상권의 계약서가 다수 존재했고, 광서에는 오독교와 금귀곡의 독물들이 비치되었다. 또한, 호남에는 비급이, 강서에는 병기고를 대신했다. 그러니 강남에 존재하는 일곱 곳의 자현원은 그 자체로 혈마교의 숨겨진 힘이나 다름없었다.

일례로 정마대전이 벌어지면 가장 먼저 일곱 자현원을 개방하는 것이 명시되었을 정도였다.

복건의 자현원은 그중에서도 가장 중요한 곳이다.

제아무리 교리로 무장하고, 마공이 강렬하다고 해도 먹고 자는 것에는 돈이 들기 때문이다.

"범인은?"

집회원주의 말에 장로 중 한 명이 입을 열었다.

"혈전자의 보고에 따르자면 자현원의 습격이 있기 전 수상한 자를 발견했다고 합니다."

"수상한 자?"

해도대상련의 대표로 참석한 련주의 표정이 일그러졌다. 하나 장로는 련주의 그런 모습을 오히려 즐기듯 보고를 이어 갔다.

같은 장로라고 해도 친분은 전무했다.

어차피 혈마교를 갈라 먹은 경쟁자에 불과하지 않은가.

"해도대상련 소속 상권 기획단주입니다."

집회원주는 생소한 단체명에 고개를 갸웃거렸다.

"상권 기획단?"

"돈을 좀 더 효율적으로 뽑아내려는 단체인가 봅니다. 안 그렇소? 해도대상련주."

련주의 표정이 다시 한 번 일그러졌다.

그도 그럴 것이 상권 기획단을 천거한 자가 자신의 심복인 여금보였고, 허락한 사람은 본인이기 때문이다.

"수상하다기보다는 오비이락과 같은 경우입니다. 상권 기획단의 단주는 지금껏 본련을 위해……."

장로는 코웃음을 치며 말했다.

"출신조차 불분명한 자입니다. 게다가 그 상권 기획단의 단주는 지금 어디에 있습니까?"

"그것이……."

"행방불명이라고 하던데요?"

련주는 식은땀을 흘리며 난감한 표정을 지었다.

"지금 본련의 무사들이 찾고 있습니다."

장로는 기회를 잡았다고 여겼는지 매섭게 몰아쳤다.

"복건 지부에서 두 명의 시신이 발견됐다지요. 지부장인 왕청과 상권 기획단의 부단주인 여인청으로 확인됐답니다. 그들은 왜 죽은 겁니까?"

"그, 그것은 지금 본련에서 알아보고 있는……."

쾅!

장로의 주먹이 탁자를 내리쳤다.

"련주! 지금 말장난을 하자는 거요? 비고가 털렸단 말이외다! 비상시 교에서 운용할 이년 치 자금이 사라졌다고요. 게다가 지금껏 뿌려 놓은 염왕채와 상단의 계약서들까지 모두 사라졌다고 들었소이다. 향후 피해는 걷잡을 수 없이 늘어날 것이 분명하오. 한데 지금 알아보고 있다는 련주의 느긋함이 어디에서 비롯됐는지 심히 궁금하구려?"

집회원주가 장로를 자제시키며 말했다.

"현재 교단의 추살대가 편성되어 복건으로 향했소. 적도들이 복건항을 통해 빠져나갔다고?".

해도대상련주는 궁지에서 빠져나왔다고 여겼는지 반색을 하며 고개를 끄덕였다.

"그렇습니다. 북진하는 것을 확인했습니다. 또한, 자현원을 지키던 무인들의 증언에 따르자면 적 수괴의 무공이 심히 난해하여 마공과 상극처럼 여겨졌다고 합니다. 또한, 조력자들의 무공은 그리 강력하지 않았지만, 차륜전이 익숙했고, 상당수 실전에 적합한 검법을 사용했다고 합니다."

"흐음, 불도의 무공일 수도 있겠군. 강호를 종횡하는 고수 중 자현원을 돌파할 수 있을 만한 무공을 지닌 자를 찾아라. 또한, 소림과 화산을 비롯한 불도문파에 정보력을 집중하도록."

집회원주는 혈천휴를 향해 나직이 물었다.

"적도들의 북진했다면 절강쪽으로 흘러갔을 가능성이 높습니다. 그렇다면 조력자들은 황궁이나 군부의 탈영병들일 수도 있고요. 천룡맹에 공조를 요청하려 합니다만……."

혈천휴는 강 건너 불구경하는 듯한 표정으로 고개를 끄덕였다.

"그리하시게."

마맥의 주인인 마대룡을 비롯한 장로들은 못마땅한 기색을 드러냈다. 어찌 혈마교의 주인이라는 자가 저리도 무관심하단 말인가.

하나 전과 마찬가지로 그것을 트집 잡는 이는 없었다.

차라리 지금은 혈천휴가 나서지 않는 것이 편할 수도 있는 노릇이다. 그가 움직인다면 분명 피를 부를 것이고, 그 대상에 자신들도 포함될 가능성 또한 없지 않았기 때문이다.

혈천휴는 무심한 표정으로 긴 탁자의 양옆을 채운 장로들을 응시했다. 하나 그의 귓가에는 집회원주의 목소리가 아니라 전음이 드나들고 있었다.

[이사제에게 소식이 왔느냐?]

[예, 황궁과 천룡맹은 이번 일과 관련이 없다고 합니다.]

자현원에 도둑이 든 지 수일이 지났을 뿐이다.

하나 혈천휴는 황궁과 천룡맹에서 전해진 소식을 조금의 의심도 하지 않았다. 그만큼 이사제라는 자를 믿고 있다는 반증이리라.

그리고 잠시 후 혈천휴의 전음은 놀라운 내용을 담고 전해졌다.

[복건의 자현원은 암객이 지키고 있었다. 비공기(非空氣)를 익힌 암객이 출수하던 중 손도 쓰지 못하고 절명했다고? 흥! 참으로 괴이한 놈이 갑자기 튀어나왔군.]

혈천휴의 전음이 은밀한 것은 당연했다.

하지만 그와 전음을 주고받는 존재 또한 장로들의 기감을 완벽하게 피하고 있었다.

암객 중에서도 상위가 분명했다.

[이미 암객과 혈객이 다수 파견된 상태입니다.]

혈천휴의 눈매가 살짝 일그러졌다.

[머리가 좋은 놈이야. 그대로 절강까지 도망치지는 않았을 것이다. 수괴와 조력자들보다 복건항에 정박했던 배에 관해 알아보거라.]

[배라 하시면?]

[해남도가 가장 유력하겠지. 분명 인근의 섬에 숨었거나, 돌아갔을 것이다.]

[해남도는 혈마교의 영역 중에서도 가장 깊은 곳에 해당합니다. 일부러 사지로 들어갔을 것이라는 말씀인지요?]

암객의 의문에도 혈천휴는 확고했다.

[지금껏 누구에게도 공개되지 않았던 자현원이 털렸다. 그것도 모습을 드러낸 지 반년 만에 말이다. 머리가 좋은 놈이야. 게다가 암객이 익힌 비공기는 정마의 구분이 무의미하다. 한데 그런 암객의 무공을 항마력으로 제압했어. 고절한 자다! 반드시 잡아서 없애라.]

[만약 비고의 물품과 흉수 중 택일해야 한다면 어찌해야

합니까?]

혈천휴의 눈빛이 한순간 번뜩였다.

[사부님께서 반야만륜겁의 족쇄를 깨시는 순간 돈과 명예는 의미가 없다. 대업에 방해가 될 흉수를 죽이는 데 전력을 다하라!]

전음을 보내던 수하가 잠시 머뭇거렸다.

[그리하겠습니다. 한데 혈인이 해남도에 복귀한 상태입니다.]

혈천휴는 자신의 아들이 거론되자 한순간 멈칫했다.

'……'

그러나 이내 그의 눈동자가 기광을 뿜어냈다.

[개입한 자는 모두 죽여라.]

명령이 떨어진 이상 이견은 있을 수 없다.

[존명!]

혈천휴는 수하가 멀어지자 미간을 찡그렸다.

살리려고 천룡맹에 보내 놨더니 자신도 모르게 돌아온 놈을 떠올린 게다.

'제 어미를 닮아 멍청하기 짝이 없구나!'

불멸전혼을 꿈꾼 이후로 속세의 인연은 끊어버렸다.

심지어 혈마교의 교주라는 자리마저도.

한데 불현듯 짜증이 솟구쳤다.

아직도 혈연 따위에 얽매이는 자신의 모습에 감정이 격해진 것이다.

"쯧!"

갑작스러운 혈천휴의 행동에 장로들은 일제히 시선을 집중했다. 회의 도중 혈천휴가 감정을 드러낸 것은 참으로 오랜만의 일이었다.

"비고에 대한 정보는 어디서 새어 나간 건가?"

"그건 파악 중입니다."

집회원주가 당황하며 대꾸했다.

하나 한 번 입을 열기 시작한 혈천휴의 행보는 거침이 없었다. 그는 자리에서 일어나 뒷짐을 진 채 장로들이 앉아 있는 의자 뒤로 걸음을 옮겼다.

"그런 일로 시간을 허비하지 말라. 책임질 자는 책임을 지고, 죽여야 할 자는 죽이면 되는 것이야."

혈천휴는 해도대상련주의 머리에 손을 얹었다.

그리고 음울한 목소리로 물었다.

"아니 그런가?"

"교, 교주! 살려주십시오."

해도대상련주는 간절하게 외쳤으나, 그의 오른손은 이미 도를 뽑아든 후였다. 장포가 휘날렸고, 그 사이로 련주의 도가 강기를 뿜어냈다.

콰직!

하나 찬란하게 일어난 강기는 물거품처럼 사라졌다.

혈천휴가 손을 휘젓자, 해도대상련주의 머리통이 어느새 두부처럼 으깨져 버린 것이다.

마대룡을 비롯한 장로들은 기겁을 하며 몸을 일으켰다.

하나 혈천휴는 무심한 표정으로 장로들을 돌아봤다.

"책임질 자와 죽어야 할 자가 처리됐군."

"교, 교주!"

마대룡이 더듬거리자, 혈천휴의 시선이 닿았다.

"해도대상련은 마 장로가 정리를 해 주시구려."

장로들의 시선이 이번에는 마대룡에게로 향했다.

이제 마대룡은 해도대상련을 조각내어 하나씩 흡수할 것이 분명했다. 그러니 장로들은 부러워했고, 마대룡은 감정을 감추기 위해 연방 헛기침을 흘렸다.

"커험! 교주의 명이라면 응당 그리해야지요."

장로들은 어느새 련주의 죽음을 잊고, 해도대상련을 얻은 마대룡의 세력을 걱정할 따름이었다.

"더 이상 진행할 것이 있던가?"

집회원주가 처음과 달리 극도로 공손한 자세를 취했다.

"몇 가지 소소한 일이 남아 있습니다."

"알아서 처리해 주시오."

혈천휴는 그 말을 끝으로 뒷짐을 진 채 혈총을 떠났다.

        *   *   *

사도련의 련주인 오확은 오랜만에 비동을 찾았다.

보타혈사의 혐의를 벗기 위해 한동안 천룡맹과 물밑 교섭을 해야 했다. 천룡맹과 사도련의 동맹은 좀 더 공고해졌지만, 우위가 정해졌음은 부정할 수 없었다.

하나 오확은 혐의를 벗기 위해 할 수 있는 모든 것을 행했다. 재정적 손해는 물론이고, 낭인들의 통제권까지 어느 정도 넘겨줬다.

'어차피 때가 되면 무의미할 뿐⋯⋯.'

혈마교주 혈천휴가 그러하듯 사도련주인 오확도 사도련에 미련 따위는 없었다. 사도련은 그저 사부가 반야만륜겁을 깨기 위한 장소에 불과했다.

"오확입니다."

쌍둥이 호위가 비켜섰다.

오확은 그들을 지나치다가 내심 감탄을 금치 못했다.

암객 중 암은은 경공과 은신이 극에 달한 자였다.

오확조차도 정면대결이 아니라면 상당 부분 손해를 감수해야 했다. 한데 사부를 호위하는 쌍둥이 중 한 명이 암은을 척살하는 데 걸린 시간은 불과 이틀이었다.

게다가 내상조차 입지 않았으니 저들과 오확의 성취는 생각 이상으로 벌어져 있을 터였다.

비동으로 들어서자 만안당주가 오확은 반겼다.

오확은 거대한 침상에 가부좌를 틀고 있는 사부를 보고 부복했다.

'천괴. 내 눈으로 살아 있는 천괴를 마주하다니!'

매번 마주할 때마다 경외심이 절로 일어났다.

천괴(天怪).

수백 년 전의 천하제일인이다.

한데 그가 아직 죽지 않고 살아온 게다.

그것도 육신을 갈아타서 또 다른 존재로 말이다.

그 존재가 백오십 년 전 천하제일로 손꼽히던 구룡검제라는 점은 더욱 경악할 만한 일이었다.

'반야만륜겁만 제거할 수 있다면 나 또한 영생이 가능하리라!'

권력, 재력, 무력을 모두 모아도 영생(永生)에는 비할 바가 아니지 않은가.

혈마교주가 혈마교를 버리고, 사도련주가 사도련을 버린다. 그리고 공전절후의 무공을 지닌 쌍둥이가 수십 년간 호위를 자청할 정도의 위력이다.

불멸전생은 꿈이 아니었다.

천괴의 제자가 된 이상 이들에게는 현실이었다.

오확은 고개를 숙인 채 회심의 미소를 흘렸다. 아들인 오기린의 죽음은 어느새 뇌리에서 사라진지 오래였다.

"무슨 일인가?"

만안당주의 애써 미소를 지은 채 물었다. 그는 오기린이 죽은 후부터 더욱 살갑게 오확을 챙겼다. 아마 오확에게 짐을 지웠다는 죄책감에 빠져 있는가 보다.

오확은 그런 만안당주를 이해할 수 없었다.

그러고 보면 만안당주가 애초에 천괴를 따르려 한 목적 또한 불분명했다.

혈마교주와 황궁에 있는 이제자는 자신도 제대로 마주한 적이 없었다. 오확에게 허락된 것은 만안당주와 흑백쌍천이라 불리는 호위가 전부였다.

그러나 보지 않았어도 혈마교주와 이제자의 목적이 자신과 같은 불멸전생임은 불을 보듯 뻔했다.

흑백쌍천도 마찬가지다.

산을 무너트리고 강을 가르는 무공을 지녀도 늙으면 죽는다는 만고의 진리에서 벗어나려는 게다.

한데 만안당주는 그렇지 않았다.

그는 불멸전생의 과정에만 관심이 있었다.

사도련의 군사 아니랄까봐 문사처럼 학구열을 불태우고 있는 게다.

천괴 역시 그것을 알기에 만안당주의 자리를 흑백쌍천의 위로 정했을지도 모르는 일이었다.

오확은 애써 미소를 지으며 만안당주에게 다가갔다.

사도련을 등지고 천괴의 제자가 된 것에 미안함을 금치 못했던 만안당주다. 그리고 자신에게 천괴를 소개시켜 준 사람이기도 했다.

호의를 지니고 있으니 이용해야 마땅하리라.

그렇기에 오확의 목소리는 더없이 공손했다.

"혈마교의 대사형께서 사람을 보내셨습니다."

만안당주는 고개를 갸웃거렸다.

천괴의 치료는 무난하게 이뤄지는 상태였고, 보타혈사 또한 조금씩 소강상태로 변했다. 한데 지금껏 잠잠하던 혈마교에서 보내올 소식이라는 것이 무엇이란 말인가?

"혈마교의 비고가 털렸다더군요."

오확의 말은 만안당주가 바라던 대답이 아니었다.

비고가 중요한 것은 혈마교지, 혈마교주가 아니기 때문이다.

"한데 그 과정에서 암객이 사망했습니다."

만안당주가 미간을 찡그렸다.

비록 수하로 부리고 있지만, 암객은 그리 만만하게 볼 수 있는 상대가 아니었다.

천괴가 직접 암객에게 내력을 주입했기 때문이다.

비공기(非空氣)!

고금제일인의 전설적인 내공심법.

도가의 심법처럼 자연의 기운을 빌려오지만, 도가의 심법과 달리 돌려주지 않는다. 그런 부조화로 시작된 비공기는 엄청난 위력을 보였다. 자연지기를 강제적이나마 사용할 수 있기 때문이다.

어차피 암객은 시간이 흐르면 천리에 따라 자연스럽게 주화입마에 빠지게 될 것이다.

그 사실을 암객들만 모를 뿐이다.

어쨌든 암객의 강함은 과장이 아니었다.

오죽했으면 만안당주가 암은을 척살하기 위해 흑백쌍천에게 고개를 숙였겠는가.

"어디의 고인인가? 아니면 집단?"

오확은 고개를 내저었다.

"산 자의 증언에 따르면 나이는 스물을 넘긴 청년이었고, 그 외에는 별다른 특징이 없다고 했습니다. 한데 대사형의 전언에 따르자면 비공기를 무마시킬 정도로 정순한 무공을 익혔답니다."

만안당주의 표정도 심각하게 변했다.

"스무 살?"

암객의 비공기는 불안정하다.

천괴의 진신무력과는 비교조차 불가할 터였다.

그래도 어디 가서 뜨내기에게 당할 수준은 아니지 않은가.

'흐음.'

불현듯 구궁무저관과 반야만륜겁으로 인해 큰 피해를 입었던 천괴를 떠올린 게다. 백오십 년 전에도 일어난 일이 지금에 와서 일어나지 않으리라는 보장은 없었다.

만안당주가 천괴의 치료를 전담하고 있으나, 본래 그의 역할은 사태천의 한 축을 차지하고 있는 사도련의 총군사가 아니던가.

"사도련의 이름으로 활동하지 않은 낭인과 무인들을 모아 강남으로 급파하게. 그러면 대사형이 알아서 사용하실 걸세."

"알겠습니다."

만안당주는 비동을 나서려는 오확을 불렀다.

"가능하면 살려서 보았으면 좋겠군. 그것이 불가능하다면 사문과 무공만이라도 반드시 확인하도록 일러두게."

"명심하겠습니다."

만안당주는 비동의 문이 닫히자, 무거운 숨을 토해냈다. 그러고는 가부좌를 틀고 운기조식을 이어가고 있는 천괴를 응시했다.

천괴의 얼굴은 예전과 마찬가지로 붕괴와 재생을 반복하고 있었다.

뼈가 허물어지며 얼굴 가죽이 흘러내리더니 이내 약관의 청년처럼 탱탱한 피부 위로 홍조까지 띤다.

"끄으으으으!"

천괴의 입에서 기괴한 신음이 흘러나왔다.

만안당주는 호기심 가득한 표정으로 천괴를 지켜봤다. 불멸전생의 능력도 대단하지만, 반야만륜겁의 공능 또한 만만치 않았다.

반야만륜겁은 제천대성의 머리띠처럼 열두 시진 내내 천괴를 괴롭혔다. 천괴가 자살이라도 하지 않는 이상 영원히 쫓아다닐 것이 분명했다.

하나 무한해 보이던 반야만륜겁의 기운도 조금씩 사그라진다. 일단 예전에 비하면 재생하는 시간이 비약적으로 늘어난 상태였다. 반야만륜겁의 항마력이 조금씩 힘을 잃어간다는 증거가 아니겠는가.

일단 붕괴가 멈추면 행동이 가능해진다.

만안당주의 목적은 그때를 기점으로 웅지를 펴게 될 것이다.

천괴의 입을 통해 불멸전생의 과정을 생생히 전해 들을 수 있게 되는 것이다. 천기를 일그러트리면서까지 벌인 일이기에 생각만으로도 온몸은 묘한 쾌감으로 젖어들었다.

'클클, 하늘의 이치를 파헤치고, 나만의 이치를 만들어낼 것이야!'

쿠쿠쿠쿠쿵!

그 순간 석실은 지진이라도 만난 것처럼 요동을 치기 시작했다. 만안당주는 어느새 눈을 휘둥그레 뜬 채 온몸을 부들부들 떨고 있었다.

천괴가 눈을 뜬 것이다.

얼굴은 여전히 재생과 붕괴를 반복했으나, 눈동자의 강렬한 빛은 여전했다.

드디어 천괴가 반야만륜겁에 우위를 점하기 시작한 것이다. 만안당주는 침을 꿀꺽 삼키며 황급히 오체투지를 했다.

"경하드립니다!"

그 모습을 보는 천괴의 입꼬리가 서서히 치솟았다.

第二章

주고희(周高犧)

보타혈사로 들끓었던 격분은 어느 정도 가라앉았다.

미궁으로 빠진 혈사는 술자리의 안줏감으로 전락했고, 시간이 흐르자 그마저 흘러간 옛이야기가 되어버렸다.

새로운 안줏감을 찾는 것은 의외로 쉬웠다.

보타혈사로 인해 천룡맹과 대립했던 문파가 있지 않던가. 내부의 분란으로 가뜩이나 관심이 집중됐던 곳이다.

남궁세가.

천룡맹에 속한 문파는 물론이고, 저자의 촌부들까지 남궁세가를 거론하며 쑥덕거렸다.

콰직!

남궁신은 제갈소소에게서 등을 돌린 채 창틀을 움켜쥐었다. 하나 그 정도로 화가 풀렸다면 애초에 돌아서지도 않았으리라.

"크흑! 빌어먹을!"

제갈소소가 남궁신의 어깨에 손을 올렸다.

"진정하세요. 가가."

남궁신은 몇 장의 서신을 움켜쥔 채 흔들었다.

"내가 진정하게 됐어? 이 빌어먹을 새끼들은 정의나 의협 따위는 관심도 없어. 그저 천룡맹에 넙죽 엎드려서 몸보신하는 것만 생각하는 놈들이라고!"

"애초에 기대하지 않았잖아요."

제갈소소가 애써 위로했지만, 남궁신의 표정은 나아지지 않았다.

"그래도…… 그래도 최소한 한두 곳은 함께할 것이라 여겼어. 여기는 천룡맹이잖아? 정파의 본산인 천룡맹에서 단 한 명의 협사도 없다는 게 말이 돼?"

남궁신은 한숨을 내쉬며 털썩 주저앉았다.

제갈소소는 그 모습을 보면서도 안타까워할 뿐 더 이상 위로하지 못했다.

'태상의 그림자가 이렇게 클 줄이야.'

본래 그녀는 보타혈사를 이용하여 남궁세가를 다시 천룡

맹의 주축문파로 만들 생각이었다.

남궁세가의 주도하에 보타암을 재건하고, 동시에 안휘와 절강의 문파들을 규합하면 가능하리라 여겼다.

그러나 천룡맹의 대처는 전광석화와 같아서 제갈소소조차도 예상할 수 없었다.

혈마교와 패천성을 끌어들여 공동 조사단을 만들고, 사도련의 중추로 무혈입성하지 않았던가.

제갈소소는 혀를 내둘렀다.

자신이 사도련주라면 아무리 결백을 증명하고 싶었더라도 결코 외인의 출입을 허가하지 않았을 것이다.

사도련주의 선택은 자존심을 떠나 사도련의 근간이 흔들릴 수도 있을 만큼 위험했다.

'그런데 아무 일도 일어나지 않다니…….'

제갈소소는 사태천이 한자리에 모이면 분명 사달이 일어날 것이라 믿었다. 그리고 그 틈을 이용해 절강과 안휘는 물론이고, 강소성까지 영역을 넓히려 했다.

하나 천룡맹과 패천성의 조사단은 공정했고, 혈마교는 참관인의 직무를 다하였다. 그리고 사도련 또한 보타암의 마지막 생존자인 검후의 제자를 향해 위로를 보내며 적극 협조했다.

모두 개소리다.

제아무리 사태천으로 나뉘었다고 해도 서로를 철천지원수 보듯 하는 무인들이 아닌가. 심지어 패천성과 천룡맹조차 대립을 숨기지 않을 정도로 강호의 정세는 위태로웠다.

그러니 사태천이 힘을 모아 진상을 규명하는 행위가 우스울 수밖에 없었다.

모두 짜고 치는 골패나 다름없었던 게다.

제갈소소는 아랫입술을 깨물며 진저리를 쳤다.

'태상이 짜 놓은 판 위에서 강호 전체가 놀아난 꼴이잖아.'

하나 그녀까지 실의에 빠져 있을 수는 없는 일이다.

저자의 촌부들까지 눈치를 보고 있지 않던가.

보타혈사가 마무리되었으니 이제 천룡맹과 남궁세가의 대립이 시작될 것이라고 말이다.

그녀는 남궁세가의 내단주이자, 남궁신의 군사로서 내일을 대비해야 했다.

"하아!"

잠시 후 남궁신은 장탄식을 토해내며 마음을 다스렸다. 몇 번의 심호흡을 끝으로 입가에 옅은 미소가 맺혔다.

"사태천의 연합이 이렇게 공고할 줄이야. 이 자식들은 정마의 구분도 없는 건가?"

제갈소소는 차를 내오며 말했다.

"다 제가 부족한 탓이에요."

"그렇게 따지자면 남궁세가가 힘이 없는 탓이지. 소소가 탓할 일은 아니야. 이제 중소방파들을 규합해서 천룡맹을 흔드는 건 틀렸어. 다른 방도를 찾아야 할 텐데…… 무슨 좋은 생각 없어?"

제갈소소가 표정을 굳히며 조심스럽게 말했다.

"이제 태상의 제안을 신중하게 고민할 때예요."

남궁신의 얼굴이 일그러졌다.

"뭐라고? 아무리 소소라고 해도 할 말이 따로 있어. 어떻게 내게 외단주 세력을 사지로 보내고, 태상의 휘하로 들어가라는 말을 할 수 있어?"

제갈소소는 고개를 들지 못했다.

그녀야말로 태상의 제안은 일언지하에 거절하고 싶었다.

하지만 외단주 남궁보의 세력을 명분까지 만들어 제거하기란 그리 쉬운 일이 아니었다. 게다가 남궁신의 위치는 시간이 흐를수록 바람 앞의 등불처럼 위태롭지 않던가. 그렇기에 무례임을 알면서도 논하지 않을 수가 없었다.

"가가. 남궁세가의 현판이 사라질 수도 있어요. 냉정하게 말하자면 외단주의 세력이 오 할을 넘겼어요. 우리 쪽은 장로원주의 세력을 제외하면 삼 할에도 미치지 못해요. 만약 우리가 받은 제안을 남궁보도 똑같이 받았다면, 그리고

남궁보가 오늘 밤에라도 월담을 한다면 우리가 할 수 있는
그리 많지 않아요."

남궁신은 눈을 지그시 감고 침음을 삼켰다.

'하아, 세가 꼴 진짜 우습구나.'

"가가."

제갈소소의 목소리에는 근심이 가득했다.

남궁신은 애써 웃으며 제갈소소의 어깨를 두드려 주었
다.

"그 일은 조금 더 생각해 보자. 나는 몸 좀 풀고 올게."

제갈소소는 아예 울상이 되었다.

'가가.'

남궁신의 심경에 하늘이 호응이라도 하려는 것일까.

달을 감싸고 있는 희미한 안개로 유달리 서늘한 밤이었
다.

남궁신은 안개가 자욱한 연무장에 홀로섰다.

스릉—

검을 뽑는 순간 마음이 편안해진다.

'나도 어쩔 수 없는 무인이로구나.'

쏴아아악—

남궁신을 중심으로 안개가 서서히 밀려났다.

내공을 외부로 드러내는 초절정에 근접했다는 증표였다.

검을 들어 허공을 가리키는 순간 기사가 일어났다.

안개가 검신(劍身)에 휘감기기 시작한 것이다.

"이것만 완성하면!"

남궁신의 눈동자에 결의가 드리워지는 순간 검기가 사방으로 폭발하듯 비산했다.

강하다. 연습용으로 세워놓은 청석 십여 개가 가루로 변하여 흘러내렸다. 또한 무겁다. 그가 검을 내리칠 때마다 공간이 일그러질 정도였다.

창궁무애검법도 아니고, 뇌정십검도 아니다.

천지대연검도 아니고, 제령진천검도 아니다.

이것은 남궁신이 오래전 무당파에서 적운비를 만나기 전부터 조사한 자료를 규합하여 찾아낸 검법이었다.

천령에 답하여 검을 휘두르니 천지가 호응한다.
내가 아닌 하늘의 뜻이니 경계는 모호하고, 진퇴에
거침이 없다. 일검(一劍)에 대국(大局)을 이끄니 경외
(敬畏)가 절로 뒤따른다. 군림하되 지배하지 않으니 마
땅히 하늘을 대신할 만하다.

그리하여 대천무한검(代天無限劍)이라 명명했다.

남궁신은 호흡을 가다듬으며 밤하늘을 쳐다봤다.

"네가 없다고 해서 주저앉을 것이라 생각하지 마라. 시간이 나면 겸사겸사 복수해 주마."

쿠쿵!

남궁신이 검으로 하늘을 가리켰고, 그 순간 밟고 선 청석이 가루가 되어 부서진다. 동시에 강기로 만들어진 검이 하늘을 꿰뚫을 것처럼 솟구쳤다.

"그러니 거기서 응원 좀 해 주라."

*   *   *

적운비는 해도대상련을 혈마교의 하부 조직으로 확신했다. 눈앞에 가득한 수많은 서신과 계약서를 비롯한 증거가 있지 않은가.

'흐음, 이건 이거대로 곤란하군.'

혈마교의 대응은 생각보다 빠를 것이 분명했다. 그렇다면 해남도에 숨어도 안전을 보장받기란 요원하지 않겠는가.

'해남파가 얼마나 건재할는지…….'

가장 좋은 방법은 해남파를 우군으로 삼아 혈마교의 남부를 압박하는 것이리라. 하지만 해남파 역시 혈마교의 성역이 된 이후 쇠락하지 않았던가. 게다가 혈마교에 대한 인식이 어떤는지는 직접 보기 전에는 모를 일이었다.

적운비는 보주(寶珠)가 든 궤짝에서 야명주를 꺼냈다. 잠시 야명주에 비친 자신의 얼굴을 보던 적운비는 옅은 미소를 그렸다. 지금껏 일을 도모할 때의 어른스러움이 아닌 어린 시절의 장난기 가득한 웃음이었다.

'크큭.'

엄지로 야명주를 슬쩍 밀었고, 떨어지기 직전에 손을 뒤집었다. 야명주는 적운비의 손등을 타고 구른다.

적운비가 손을 움직일 때마다 야명주는 그물에 갇힌 새처럼 주변을 맴돌 뿐이다.

손가락을 타고 흐르다가, 손등을 거슬러 올라간다.

어느덧 두 발의 위치는 건곤구궁의 시작을 알린다.

손등에서 흘러내린 야명주는 떨어지는 대신 손바닥에 붙어 버렸다. 그리고 다른 손이 야명주를 덮자, 그 모습은 구체를 감싼 것과 다르지 않았다.

'태극은 만변하고, 귀일한다. 세상의 중심이고, 세상을 돌아가게 만드는 힘이니…….'

적운비는 서서히 양손의 거리를 벌렸다.

놀랍게도 야명주는 허공에 둥둥 떠서 내려올 줄을 몰랐다. 그리고 이제는 적운비의 손길을 따라 허공을 유영하기 시작했다.

건곤구공을 펼쳤다.

본래 수련할 때부터 가상의 구체를 상정하지 않았던가.
이제 적운비는 손바닥만 한 야명주를 구체 삼아 태극을 만
들어 냈다.

은자 수천 냥을 호가하는 야명주가 실에 묶인 것처럼 허
공을 주유했다.

'태극이야말로 조화이며, 일원이다.'

적운비의 미소가 더욱 짙어지는 순간이었다.

궤짝에 담겨 있던 또 다른 야명주들이 저절로 날아와 주
변을 맴돌았다. 방향과 속도가 다르지만, 십수 개의 야명주
는 적운비와 함께 호흡했다.

그 모습은 마치 무희가 수많은 비단을 감싸고, 춤을 추는
것과 다르지 않았다.

외부의 모습처럼 내부의 모습도 변화했다.

적운비의 단전에서 흘러나온 내공은 건양대천공과 곤음
여지공으로 분화한 상태였다. 그것을 새끼줄 꼬듯 꼬아서
대주천을 하고 있는 상황이었다.

"후우……."

낮게 깔리는 호흡.

건곤구공은 마무리 단계에 이르렀다.

어느덧 적운비의 양손에는 새하얀 빛무리가 뭉쳐든 상태였다. 오른 손바닥은 하늘을 향하여 건(乾)이 되었고, 왼 손바닥은 땅을 향하여 곤(坤)이 되었다.

'완전무결!'

쩡!

순간 양손의 백광(白光)이 태양처럼 번쩍이며 전신을 휘감았다. 그리고 주변을 휘돌던 야광주들은 부드럽게 밀려나며 원을 그렸다.

백광은 쉼 없이 야광주를 두들기며 빛을 반사했다.

그 결과…….

'호신강기보다 단단한 천혜의 방패가 되리라!'

이것이 혜검을 통해 깨달은 첫 번째 공능이었다.

건곤와규령(乾坤渦糾寧).

적운비의 뜻에 따라 천혜의 방패는 크기와 강도를 달리한다. 그야말로 자연지기를 잠시 빌려와 사용하는 것이기 때문이다.

야명주를 제자리에 돌려놓았다.

비록 빛은 사라졌지만, 적운비의 눈동자는 그 어느 때보다 반짝거렸다.

혜검은 곧 천의고, 자연이다.

그러니 그 공능은 무궁무진하다.

오직 적운비가 아느냐, 알지 못하느냐의 차이가 있을 뿐
이었다.

'수비의 건곤와규령이라면 공격은……'

적운비는 양팔을 편하게 늘어트린 채 내력을 발출하려
했다. 그 순간 창고 밖에서 급박하게 움직이는 발소리가 들
려왔다.

"해남도가 보입니다!"

적운비는 내밀었던 팔을 슬그머니 내렸다.

그러고는 기지개를 켜며 다짐했다.

'해남파가 얼마나 쓸 만한지 한번 지켜볼까?'

*　　　*　　　*

적운비와 일행을 태운 배는 해남도 북부의 해구(海口)에
정박했다. 노대는 해남도에 도착하자 이국적인 전경에 연
방 감탄을 금치 못했다.

"아예 다른 세상이로구나."

적운비 또한 놀란 것은 마찬가지였다.

뜨거운 햇볕은 대막과 다를 바가 없었지만, 이곳의 기후
는 왠지 모르게 사람을 지치게 만들었다.

그렇기에 간간이 바람이 불어올 때마다 절로 미소가 흘

러나왔다.

"이곳에서 예법을 따라다가는 장례를 치러야 할지도 모릅니다."

선주가 넉넉한 웃음으로 농을 던졌다.

결국 적운비와 일행들은 장삼을 벗고, 홑옷으로 배에서 내려야 했다.

"일단 해구상방으로 가시지요."

선주의 안내로 해구에 들어서자 일행은 다시 한 번 눈을 휘둥그레 떴다. 마치 해남도에서 해구에만 사람이 있는 것처럼 인산인해를 이뤘기 때문이다.

"사람이 정말 많군요."

"해구는 보도의 입구이기도 하지만, 보도 제일의 도시이기도 합니다. 보도에서 생산되는 수산물과 곡물을 비롯한 광물의 집결지라고 생각하시면 됩니다. 아마 해구를 벗어나면 외인들도 심심치 않게 보실 수 있을 겁니다."

적운비와 일행들은 고개를 끄덕였다.

시야 끝까지 가득한 상가를 보면 괜히 해남도를 가리켜 보도(寶島)라 칭하는 것이 아님을 알 수 있었다.

해구상방(海口商幫)은 해구의 북쪽에 위치했으며 적지 않은 높이의 구릉을 끼고 자리했다. 구릉 곳곳에 망루가 세워졌고, 그 위에는 매서운 눈매로 바다를 응시하는 어민들로 가득했다.

그야말로 해구는 해남 제일의 어항(漁港)이면서도 전초기지인 셈이다.

"해남에는 관군이 필요치 않다더니……."

군부에 몸을 담았던 노대는 해구를 보며 다른 의미로 탄성을 흘렸다.

선주는 해구상방에서 꽤 높은 위치에 있었는지 상방의 내원까지 일행을 안내했다.

"이곳에서 잠시 기다리시면 될 겁니다."

잠시 후 베옷을 입은 장한이 어울리지 않게 차를 내왔다. 한데 차가 예상외로 일품인지라 일행은 다시 한 번 놀라야 했다.

좌귀와 우귀는 팔선각 주변으로 천천히 걸음을 옮겼다. 산책을 하는 것처럼 보이지만, 실제로는 주변을 살피려는 게다.

적운비는 다향을 즐기며 웃음 짓는 노대에게 미소로 화답했다. 하나 그의 속내마다 겉모습처럼 즐거운 것은 아니었다.

'출관한지 얼마나 됐다고 천괴라니……!'

버릇처럼 입술을 잘근잘근 씹으며 짜증을 해소시켰다.

구궁무저관에서 천괴의 기흔(氣痕)을 발견했을 때만 해

도 크게 와 닿지 않았다. 백오십 년 넘게 잠적했기 때문이다.

한데 자현원에서 천괴의 내력을 사용하는 살수를 만나게 된 것이다. 물론 천괴에 비할 바는 아니었지만, 경악하지 않을 수가 없었다. 만약 구궁무저관에서 천괴의 기운을 미리 접하지 않았더라면 손해를 보았을 것이 분명했다.

'천괴의 유산이 발견된 걸까?'

제갈세가가 무당산에서 찾아냈듯 어디의 누군가가 다른 곳에서 찾아냈을 수도 있는 노릇이다.

하지만 생각을 곱씹을수록 가능성은 낮기만 했다.

검천위의 기록에 따르자면 천괴는 불멸전생을 위해 은둔했다고 하지 않았던가.

그러니 강남에 따로 흔적을 남기지 못했을 것이다.

'그렇다면 천괴가 살아서 세력이라도 키우고 있는 걸까? 검천위의 기록에 따르면 도망쳤어도 몸이 성치 않았을 텐데……'

갑작스레 한 가지 가설이 떠올랐다.

중상을 입은 천괴가 백오십 년 동안 치료에 전념하고 있을지도 모르는 일이 아닌가. 그처럼 긴 세월이라면 세력을 일구고, 흉계를 꾸미기에 충분할 터였다.

'보타혈사를 시작으로 무슨 일을 꾸미는 거냐?'

적운비는 이미 보타혈사의 홍수를 천괴의 후예들로 점찍어 놓은 상태였다.

그도 그럴 것이 당금의 강호는 사태천으로 인해 불안정한 균형을 이루고 있지 않은가.

보타암을 건드려서 이득을 볼 세력은 전무했다.

강호인들도 홍수를 궁금해 하는 만큼, 보타암을 불태운 이유를 궁금해 하지 않았던가.

'천괴가 치료를 위해 보타암의 신공을 원했다면 보타혈사의 앞뒤가 들어맞게 되지.'

적운비는 침음을 삼키며 무거운 숨을 토해냈다.

'천괴는 아직 치료 중일 거야. 그렇다면 놈의 세력이 어느 정도인가가 관건인데?'

혈마교의 심처인 자현원을 천괴의 수하가 지켰다.

그 말은 혈마교의 뒤에 천괴가 있다는 뜻과 다르지 않았다.

불길한 예감이 뒤이었다.

'만약 그게 혈마교로 끝나는 것이 아니라면……?'

혈마교가 먹혔다면 사도련도 먹혔을 수 있다.

혈마교와 사도련이 먹혔다면 패천성과 천룡맹도 안전하다고 장담할 수 없는 상태가 아닌가.

불현듯 등골이 오싹했다.

'설마 황궁까지?'

*　　　*　　　*

　적운비는 거칠게 다가오는 기척을 느끼고 생각을 접었다. 팔선각으로 걸어오는 이는 거구의 노인으로 홑옷만 입은 상태였다.

　노인의 걸음걸이를 보니 보법을 펼치는 것은 아니다. 하지만 팔자걸음으로 다가오는 그에게서 느껴지는 압박감은 상상을 초월했다.

　수십 년간 해남도를 쥐고 흔든 노괴물의 연륜이 자연스레 느껴진 것이다.

　'저 사람이 혈마교주조차 고개를 내저었다는 해귀왕이로구나.'

　누군가 중월을 노릴 때 해남도는 계륵이다.

　있으면 관리하기가 힘들고, 없으면 신경이 쓰인다.

　그렇기에 혈마교가 강남을 집어삼킬 때에도 해남도는 전란에 휩쓸리지 않았다.

　모두가 해구의 거북이 왕이라 불리는 해귀왕(海龜王)의 힘이었다.

　해구상단이 아니라 상방이라 불리는 이유는 어업을 주로

하지만, 때에 따라서 해적이 될 수도 있었고, 해적과 싸우는 관군의 역할까지 대신했기 때문이다.

이 모든 역할을 조율하던 존재, 해귀왕.

그는 너털웃음을 지으며 적운비에게 오른손을 내밀었다.

노대는 고개를 갸웃거렸다.

하나 적운비는 거침없이 해귀왕에게 다가가 손을 맞잡고 흔들었다.

해귀왕은 박장대소를 하며 말했다.

"크하하하! 어린 친구가 악수를 알고 있다니. 어찌 됐든 반갑네. 해구상방주를 맡고 있는 해위료라고 하네."

갑작스레 이름을 밝히는 모습에는 적운비도 당황하지 않을 수가 없었다. 하나 해귀왕의 눈동자에는 열정과 의지가 가득했다. 일평생 바다와 맞서 해남도를 지킨 삶이 고스란히 느껴졌다.

'당당하다.'

불현듯 자현원을 습격하기 전 좌귀와 나눴던 대화가 떠올랐다. 이제 더 이상 숨기지 말고, 앞으로 나아가자고 마음먹지 않았던가. 그러기 위해서는 잊고 싶었던 과거를 인정하는 것이 먼저일 터였다.

그리고 해귀왕의 진실된 눈빛을 마주하고 가명을 댈 수는 없지 않은가.

적운비는 빙긋 웃으며 한 마디를 흘렸다.

"주고희라고 합니다."

"운비야!"

노대는 죽은 사람이라도 본 것처럼 화들짝 놀라며 외쳤다. 일평생 드러나지 말아야 할 세 글자가 있다면 바로 저것이리라.

'어째서 진명(眞名)을……'

적운비는 잠시 쓴웃음을 지었다.

해귀왕은 그러한 적운비의 어깨를 두드렸다.

"바다 앞에서는 그런 표정을 짓는 게 아닐세. 이름을 숨겨야 하는가 본데 바다는 받아들일 뿐, 결코 내뱉지 않아. 걱정 말게. 운비라고? 나쁘지 않아. 발음도 이상한 이름보다 훨씬 낫군!"

적운비는 시원하다 못해 마치 바닷바람처럼 호쾌한 해귀왕의 언행에 웃음으로 화답했다.

"만나 뵙게 되어 영광입니다."

두 사람이 교분을 나누는 동안 시큰둥한 표정을 짓고 있는 사람이 있었다.

노대는 적운비의 행동이 여전히 불만이었나 보다.

해귀왕은 그런 노대를 슬그머니 쳐다봤다.

노대의 몸은 나이에 비해 우람했다. 하나 해귀왕의 체구가 워낙 크다 보니 왜소해 보일 정도였다.

두 노인의 강렬한 눈빛이 허공에서 교차했다.

해귀왕이 먼저 손을 내밀었다.

"나 해위료요."

노대의 눈매가 더욱 일그러졌다. 상대를 올려다봐야 하는 것에 자존심이 상했나 보다.

"나 상우춘이오."

이번에 놀란 쪽은 적운비였다.

"할아버지, 어째서……."

"흥! 일평생 부끄럽지 않은 삶을 살았다. 내가 이름을 숨겨야 할 이유가 있더냐!"

적운비는 노대의 격렬한 반응에 헛웃음을 지었다.

그가 진명을 밝힌 데에는 두 가지 이유가 있으리라.

하나는 자신과 함께하겠다는 의지를 표명한 것이고, 다른 하나는 해귀왕에게 밀리고 싶지 않은 자존심의 발현일 터였다.

해귀왕은 손을 내밀었고, 노대는 포권을 했다.

잠시 대치하던 그들은 서로 못마땅한 표정을 지으며 물러섰다.

"밥이나 먹으면서 이야기합시다!"

해귀왕은 적운비와 노대를 데리고 내실로 향했다.

'개평왕은 아니겠지? 이십 년도 전에 죽은 사람이 아닌가?'

해귀왕이 마련한 자리는 연회라고 불러도 손색이 없을 만큼 진수성찬으로 가득했다.

육해공을 통틀어 진미가 모였으니 절로 군침이 돈다. 한데 더욱 놀라운 점은 해귀왕뿐 아니라 대부분 해남도의 주민들도 이와 같이 먹는다는 점이었다.

"클클, 괜히 보도라 불리는 것이 아니지."

해귀왕이 거드름을 피웠지만, 이번만은 노대도 별말 없이 자리에 앉았다.

식사하는 자리의 분위기는 나쁘지 않았다.

"크하하하! 조금 전에 보고를 받았네. 금자와 은자의 양이 상당하다며? 이번 일로 인해 우리 상방은 한 단계 더 도약할 수 있게 되었어."

해귀왕은 도적질을 도왔음에도 조금의 부끄러움도 느끼지 않았다. 그에게 있어서 중원은 다른 세상이었고, 무엇보다 혈마교라는 단체 자체를 증오했기 때문이다. 괜히 황실에서 해남도를 소국(小國)으로 대하는 것이 아니었다.

"상방에서도 도와주신 덕에 퇴로가 열렸습니다. 혈마교의 영역에서 빠져나갈 곳이 있었겠습니까?"

노대가 시큰둥한 표정으로 말을 보탰다.

"흥! 혈마교가 대수인가? 돈만 있다면 못 빠져나갈 것도 없지."

해귀왕은 잠시 표정을 찡그렸지만, 거래를 끝마치기 위해 애써 웃음을 지었다.

"그럼 약속대로 일 할을 운송료로 받겠네."

비고에서 훔친 금전의 양은 엄청났다.

그중의 일 할이라고 해도 유명 상단의 일 년 순이익과 맞먹을 정도였다.

하나 적운비는 흔쾌히 수락했다.

"당연한 말씀입니다."

잠시 적운비는 노대를 향해 눈짓을 보냈다.

두 사람 사이에 전음이 오간다.

해귀왕은 그것을 눈치챘으면서도 찻물로 입을 헹구며 모른 척해 주었다. 자신을 앞에 두고 전음을 주고받을 정도면 그만큼 중요한 일일 테고, 자신과도 관계가 있음을 알았기 때문이다.

한데 노대의 표정이 좋지 않다.

그러나 이내 불퉁스러운 표정으로 고개를 끄덕였다.

적운비의 고집을 꺾지 못한 것이다.

"해귀왕께 제안하고 싶은 것이 있습니다."

"뭔가?"

"지금 배에는 금전 외에도 여러 가지가 있습니다. 이 중 몇 가지를 해귀왕께 맡기고 싶습니다."

해귀왕은 눈을 가늘게 떴다.

어느새 적운비가 내실 주변에 기막을 펼쳐놓은 것을 확인한 것이다. 이것 또한 적운비가 일부러 드러냈을 가능성이 높았다.

그러니 지금부터 적운비는 상당히 위험한 제안을 꺼낼 것이 분명했다.

"몇 가지라……."

해귀왕은 말끝을 흐렸고, 적운비는 한층 낮은 목소리로 입을 열었다.

"강남의 대전장 사이에서 유통되는 전표와 염왕채의 계약서를 맡기고 싶습니다."

해귀왕의 눈매가 더욱 가늘어졌다.

그는 이번 거래가 대상단이나 부호를 상대하는 것으로 알고 있었다. 그렇기에 그의 눈빛에는 의구심과 함께 불신이 드리워졌다.

"어느 정도?"

적운비는 잠시 해귀왕의 눈동자를 응시했다.

만약 이 일이 잘못되면 뒤도 돌아보지 않고 해구항으로

도주해야 한다.

그렇기에 더욱 조심스러웠다.

"강남 전체입니다."

그 순간 해귀왕의 좌수가 석탁을 내리쳤다.

쾅직!

대리석으로 만든 석탁이 쪼개졌다.

동시에 튕기듯 몸을 날린 해귀왕의 오른손은 어느새 적운비의 목줄을 노리고 있었다.

"놈!"

혹시 모를 상황에 대비하던 노대가 패검을 뽑았다. 그리고 조금의 망설임도 없이 해귀왕을 향해 내리쳤다. 하나 해귀왕은 우람한 덩치와 달리 미끄러지듯 검격을 빠져나가는 것이 아닌가.

타타타타타탁!

적운비와 해귀왕의 양손이 쉴 새 없이 교차했다.

해귀왕은 수십 년간 해구를 지배한 무인답게 거칠지만 패도적인 무공을 펼쳤다.

하지만 지친 쪽은 해귀왕이었고, 물러난 쪽도 해귀왕이었다. 그는 불구대천의 원수를 마주한 것처럼 눈을 부릅뜬 씹어뱉듯이 읊조렸다.

"너 이 새끼! 도대체 어디를 턴 거냐?"

적운비는 흔들리지 않는 눈빛으로 담담하게 말했다.

"혈마교."

해귀왕의 눈동자가 불안하게 흔들렸다.

'내가 해남도에 역귀(疫鬼)를 불러들였구나!'

第三章
파랑대검좌
(波浪大劍座)

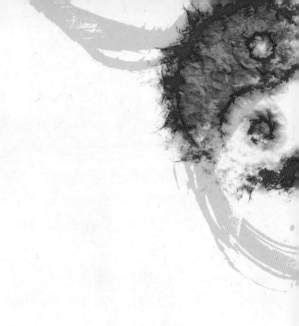

해귀왕이 진정한 것은 사달이 일어나고 이각이 지난 후였다. 해귀왕은 싸우는 소리에 달려온 수하들을 물리고 다시 한 번 적운비와 마주앉았다.

"그냥 수수료를 지불하고 떠날 수도 있었을 것이다. 한데 어째서 내게 사건의 전말을 밝혔는가. 아니, 왜 해남도를 끌어들인 것이냐?"

해귀왕의 목소리에서 복잡한 감정이 드러났다.

지금껏 해구상방는 군부, 상인, 해적의 성격을 띠지 않았던가. 그렇기에 물품을 운송하는 일에 기꺼이 협력했다. 돈만 지불한다면 훔친 물품인지는 개의치 않았다.

어차피 해남도는 혈마교의 성역이라 불리지 않던가.

초대 교주가 해남도를 기반으로 세력을 확장했기 때문이다.

그러나 혈마교의 비고를 털었다면 이야기가 달라진다. 비고는 혈마교의 숨겨진 힘이었고, 커다란 자산이 아니던가. 이번 일이 알려지면 해남도라고 해도 무사하지 못할 것이다.

적운비가 그러한 관계를 모를 리 없다.

그럼에도 불구하고 이야기를 꺼낸 이유는 단 하나였다.

자현원에서 만난 살수, 그리고 그의 내공.

'밝혀내야 해.'

구궁무저관에 들어가기 전 적운비의 목표는 무당파의 부흥이 전부였다. 하나 검천위의 비사를 접하고, 혜검을 깨달은 이상 천괴는 또 하나의 숙명(宿命)이 되어 버렸다.

그래서 적운비는 해남도에 도착한 이후 눈에 보이는 모든 것을 살폈다.

천괴는 홀로 상대할 존재가 아니기 때문이다.

조력자를 구해야 했다.

그런 면에서 해남도는 혈마교와 오월동주(吳越同舟)하는 상황이 아니던가.

그렇기에 해구상방에 오기 전까지 배의 구조와 무기, 항구에 세워진 건물들의 배치, 망루의 역할과 신호 체계를 눈여겨보았다.

'내가 갇혀 있던 곳보다 경계가 삼엄하다.'

해구항은 겉으로 보면 느긋하고, 편안한 이역의 항구와 같은 분위기를 물씬 풍긴다. 하지만 그 저변에는 팽팽한 긴장감이 가득했다.

한 마디로 군사도시에 가까웠다.

경계 태세만 따진다면 중원에도 몇 곳 없는 오군도독부에 비견될 정도였다.

거기에 해귀왕의 불같은 눈빛을 떠올려 보라.

혈마교에 대한 끝없는 적개심과 불굴의 의지가 가득했다.

'이 사람은 믿을 수 있다!'

해구상방 어디에서도 천괴의 기운은 느껴지지 않는다. 하면 해남도 역시 언제고 천괴의 세력으로 인해 멸망하지 않으리라는 보장이 없는 것이다.

그래서 적운비는 사실을 털어놓았다.

해귀왕의 힘이라면 천괴의 세력을 추적하는 데 큰 도움이 되리라.

적운비는 천괴의 기운을 뺀 채 나머지 정보를 전달했다. 한데 혈마교의 배후에 있을 암중 세력을 거론하는 순간 해귀왕은 두 눈을 부릅떴다.

"너 도대체 어디까지 알고 있는 것이냐?"

적운비의 씁쓸한 웃음을 지었다.

"미루어 짐작할 따름입니다."

해귀왕은 입술을 파르르 떨며 동요를 감추려 했다.

그리고 잠시 후 두 사람을 향해 입을 열었다.

"장소를 옮깁시다."

*   *   *

해귀왕이 인도한 장소는 멀지 않았다.

하나 대화의 시작은 한참이 지난 후에야 이어졌다.

방갓을 쓴 노인이 합류한 것이다.

그는 방갓을 벗지 않았고, 이름도 숨겼다.

그저 한편에 앉아서 조용히 숨을 고를 뿐이었다.

"뭐 하자는 거요?"

노대가 경계심을 끌어올린 채 물었다.

하나 해귀왕은 당연하다는 듯이 대꾸했다.

"이분께서 판단하실 일이오."

"판단? 누가 누구를!"

적운비는 노인이 등장한 후부터 입을 열지 않았다.

일견하기에도 노인은 해귀왕보다 높은 신분이다. 그렇기에 오히려 호기심 가득한 눈초리를 그를 살폈다.

'양손이 고르게 발달했어. 하지만 무기는 검 한 자루뿐이네.'

노인과 같은 사람을 본 적이 있다.

천룡학관에서 만났던 혈인의 양손이 그러했다.

이곳은 해남도이니 노인 또한 뱃사람일 확률이 높았다.

'방갓과 피풍의는 재질이 좋아. 싸구려 물품이 아니야. 하나 풍기는 기운은 영락없이 해귀왕과 같은 현역 뱃사람이다.'

적운비는 눈을 가늘게 떴다.

해구항에 들어온 이후 만났던 해남도의 모든 사람들은 해귀왕과 같이 홑옷을 입거나, 최대한 간편한 복장을 하고 있었다. 심지어 노대조차 어느새 겉옷을 팔에 두르고 있지 않은가.

'무인과 뱃사람의 경계에 서 있는 느낌이야. 한데 상인의 느낌은 조금도 느껴지지 않아.'

적운비는 그 순간 경계에 서 있던 것처럼 느껴졌던 한 사람을 떠올렸다.

'장문인!'

현실과 이상 사이에서 고뇌하던 무당 장문인.

그는 도인과 무인의 경계에서 무당파를 부흥시키기 위해 전심전력을 다하지 않았던가. 그러니 눈앞의 방갓을 쓴 노인의 정체를 파악하기란 너무도 손쉬운 일이었다.

적운비는 자리에서 일어나 노인을 향해 공손히 손을 모았다.

"적운비라고 합니다."

노인은 방갓을 슬쩍 들어 적운비를 쳐다볼 뿐 대꾸하지 않았다. 하나 적운비의 뒤이은 말에는 황급히 방갓을 내려 표정을 숨겨야 했다.

"해남파 장문인이시지요. 만나 뵙게 되어 영광입니다."

"뭐라고?"

노대는 눈을 휘둥그레 떴고, 해귀왕의 눈가에는 주름이 더욱 깊어졌다.

잠시 후 노인은 천천히 방갓을 벗었다.

강렬한 눈빛과 고집스러운 입매만 보아도 노인의 성정을 쉬이 짐작할 수 있다. 그리고 적운비가 예상한 노인의 성정은 분명 득으로 작용할 터였다.

노인의 정체는 바로 해남파 장문인 해강이었다.

그는 추궁하는 어조로 말했다.

"어떻게 알았지?"

적운비는 해남 장문인의 손을 가리켰다.

"손이요."

해남 장문인은 자신의 손을 내려다봤다.

장문인이라고 해서 남보다 편하게 살지 않았다. 비록 문파의 장문이라고는 하나 그의 손등은 해남도 사람답게 거칠었다.

"손?"

적운비는 빙긋 웃으며 말했다.

"남곤이 해남도에 와 있을 줄은 몰랐네요."

천룡학관에서 만났던 혈인의 본명이 남곤이다.

그리고 그것은 대부분의 사람들이 알지 못하는 정보였다.

해남 장문인의 눈빛이 번뜩였다.

스릉—

적개심과 함께 검이 뽑힌다.

한데 예상외로 검을 쥔 손이 좌수(左手)다.

적운비는 미동조차 하지 않았다.

해귀왕은 노대의 앞을 막아섰다.

두 사람이 대치하는 가운데 장문인의 검은 빛살처럼 빠른 궤적을 그리며 쇄도했다.

적운비는 미동조차하지 않았다.

장문인의 입가에 옅은 미소가 걸렸다. 아마 적운비가 옴

짝달싹하지 못한다고 여겼나 보다.

쩡!

해귀왕과 노대가 충돌한 영향으로 굉음이 흘러나왔다.
두 사람은 정확하게 한 걸음씩 물러섰다. 서로 백중세라는
점에 놀람을 감추지 못했다.

그 사이 장문인의 검은 정확하게 적운비의 천돌혈을 겨
눴다. 적운비가 숨을 쉴 때마다 목젖이 아슬아슬하게 검을
비껴갔다.

하나 적운비의 표정은 여전했다.

아니 오히려 옅은 미소를 띤 채 입을 열었다.

"남곤이 펼치던 반상일월검법하고는 다르네요. 완전히
해남파의 검법 같은 걸요?"

장문인의 얼굴이 일그러졌다.

본래 적운비의 진짜 정체를 캐물으려 했다.

해귀왕으로부터 전해 들은 바에 따르자면 적운비는 군계
일학이다. 반나절도 되지 않아 해남도가 전쟁을 준비하는
사실을 알아냈다. 그리고 혈마교의 비고를 털만큼의 용기
와 지혜도 지닌 자였다.

그래서 적운비로 인해 중원의 정보를 캐내고, 활용할 수
있는 부분을 찾으려 했다.

한데 직접 마주한 녀석은 바람을 잔뜩 집어넣은 돼지 오

줌보처럼 어디로 튈지 모르는 놈이 아닌가.

게다가 놈이 입을 열 때마다 해남파의 비밀이 술술 풀려 나왔다. 그렇기에 해남파에서도 몇 명밖에 모르는 남곤의 입도(入島)를 확신하는 말에 참지 못하고 검을 뽑은 것이 다.

"반상일월검법을 어떻게 알지?"

너무도 담담한 대꾸가 이어졌다.

"남곤이 알려주었는데요."

장문인은 미간을 찡그리며 재차 물었다.

"그렇다면 혈마교의 비고에 관한 정보는 어디서 얻었느 냐?"

"따로 얻을 필요도 없이 풍문으로 떠돌던걸요."

"풍문으로 떠돌 뿐 누구도 확인하지 못했던 정보였다. 한데 네가 어떻게 비고의 위치를 알게 된 거지?"

장문인의 질문은 쉴 틈도 없이 이어졌다.

"그리고 남곤과 무슨 관계냐? 마치 너는 반상일월검법에 관하여 이미 알고 있었던 것처럼 보이는구나?"

적운비는 빙긋 웃으며 말했다.

"남곤하고 친하거든요."

장문인은 검을 좀 더 위협적으로 밀어 넣었다.

날에 거죽이 베이며 옅은 핏물이 배여 나왔다.

"운비야!"

노대의 일갈에 분노가 드리워졌다.

하나 적운비는 노대를 향해 손을 내밀어 제지했다.

그러고는 그 손을 그대로 돌려 장문인의 검을 잡았다. 장문인은 적운비의 행동에 제지를 가하지 않았다. 마음만 먹으면 얼마든지 적운비를 제압할 수 있다고 여긴 것이다.

찌잉—

하나 적운비의 엄지와 검지가 검면을 쥐는 순간 장문인만 느낄 수 있는 파동이 검을 통해 전달됐다.

미약하게 일어난 파동은 마치 파도처럼 몸으로 전해졌고, 이내 광대한 해일로 변하여 전신을 휘감았다.

장문인은 눈빛이 흔들린다.

본래 눈을 부릅뜬 채 기함을 토하려 했건만, 육신이 말을 듣지 않았다. 그렇다고 해서 점혈을 당한 것도 아니다. 오히려 불면증에 시달리다가 숙면을 취한 것처럼 전신이 나른하기만 했다. 그리고 해일처럼 전신을 휘감았던 기운이 서서히 사라지자, 몸과 마음이 절로 상쾌해지는 듯한 기분이 들었다.

양의심공으로 인해 흐트러졌던 육신에 음양의 조화가 깃든 것이다.

하나 그것을 알 리 없는 장문인으로서는 귀신에 홀린 것처럼 어리둥절할 수밖에 없었다.

그런 장문인의 귓가에 적운비의 나직한 한 마디가 흘러들어왔다.

"이제 그만 나와라. 장문인께서 오해하시잖아."

적운비의 말에 장문인이 미간을 찡그리는 순간 밖에서 구르듯이 들어서는 청년이 있었다.

"외조부님!"

혈인 남곤이다.

그는 적운비를 흘낏 보며 어색하게 웃었다. 그러나 이내 장문인을 향해 넙죽 절을 하는 것이 아닌가.

"미리 말씀드리지 못한 제 잘못입니다."

"무슨 소리냐?"

남곤은 입맛을 다시며 뒤통수를 긁적거렸다.

그러고는 조심스럽게 한 마디를 내뱉었다.

"반상좌도검의 완성은 저 녀석의 덕분이었습니다."

장문인은 눈을 휘둥그레 뜨며 적운비를 쳐다봤다.

적운비는 빙긋 웃으며 검에서 한 걸음 물러섰다.

'반상좌도검이라…… 반상일월검법에서 혈마교의 잔재를 걷어냈구나!'

분명 해남도에 걸었던 판돈은 몇 배로 불린 채 되돌아올 것만 같은 확신이 들었다.

적운비는 포권을 하며 고개를 숙였다.

"해남 장문인께 인사드립니다. 천룡학관에서 남곤과 함께 수학한 적운비라고 합니다."

*   *   *

장소가 여모봉으로 바뀌었다.

여모봉은 해남도의 중심 지역이자, 해남파의 근거지였다.

장문인이 장로들과 회합을 주선하는 사이 적운비는 혈인과 한적한 곳에서 마주한 상태였다.

혈인은 한숨을 내쉬며 이마의 땀을 닦았다.

"크하! 진짜 큰일 날 뻔했네."

적운비는 대꾸하지 않고 웃음만 지었다.

혈인은 그것이 더 신경 쓰였는지 애써 활기찬 표정으로 자문자답을 했다.

"외조부께서 금사당을 이끌고 나가셨다기에 혹시나 해서 쫓아왔어. 그런데 네가 있을 줄이야. 하하하! 정말 일촉즉발의 상황이었어!"

적운비는 웃음을 머금은 채 물었다.

"그나저나 반상좌도검이라니. 대단한 걸? 이름만 들어도 혈마교의 잔재가 느껴지지 않아."

혈인은 어깨를 으쓱거렸다.

"후훗, 그렇지? 해남도는 사태천이 정립됐을 때부터 혈마교로부터의 독립을 준비했어. 이제 뭔가 시작하려는 순간인데 네가 갑자기 등장해서 어르신들은 우려가 심하셨나봐."

적운비는 입술을 동그랗게 말고 고개를 끄덕였다.

"아하! 그러셨구나. 그런데 해남 장문인께서는 내 이름을 듣고도 아무런 반응이 없으신 것 같더라."

혈인은 창졸간 대꾸를 하지 못했다.

적운비가 자신의 왼손을 흔들며 말했기 때문이다.

"그게…… 그렇지! 천룡맹에서 너를 쫓고 있잖아. 너는 죽은 사람으로 되어 있고 말이지. 내가 네 걱정을 진짜 많이 했다. 그래도 해남도의 안전을 나 혼자 결정할 수는 없잖아. 해남파가 웅비하려는데 네 이야기를 했다가 퍼져 나가기라도 하면 혈마교와 대립할 수도 있고 말이야. 너도 알지? 혈마교와 천룡맹은 보타혈사 이후 조금 더 가깝게 지낸 것을 말이야. 사도련을 조사하겠다고 혈마교의 마인들까지 참석했다더라. 휴우…… 참 세월 무상해. 그치? 정마가 힘을 모아 조사단을 꾸리다니!"

중언부언에 횡설수설까지.

적운비는 더 들을 가치를 느끼지 못했다.

"그러니까 지금은 서로 모른 척하는 것이 좋을 것 같았다는 거지?"

혈인은 어색하게 웃었다.

"내 마음은 그렇지 않은데…… 아무래도 해남파를 위하려면 그러는 것이 좋지 않을까 싶었다. 혹시 마음이 상했다면 사과할게."

적운비는 빙긋 웃으며 손사래를 쳤다.

"아니야. 대단한걸? 네가 그런 것까지 생각하고 말이지. 많이 똑똑해 졌는데?"

예전의 혈인이었다면 대뜸 화부터 냈을 것이다.

네가 뭔데 자신을 판단하냐고 말이다.

한데 혈인은 헛기침을 하며 우쭐대기 시작했다.

"후훗, 뭐 그 정도를 가지고. 일신우일신이라는 말도 있잖아. 나도 당연히……."

혈인은 말끝을 흐렸다.

적운비의 표정에서 웃음기가 사라졌기 때문이다.

"왜? 왜 그래?"

"이제 흰소리는 대충 들었으니 본심을 말해 보시지."

혈인은 슬그머니 시선을 피했다.

"으응? 그게 무슨 소리인지……."

적운비가 입꼬리를 올리고 나직이 읊조렸다.

"반상일월검법의 비밀을 파헤치고, 금의환향한 해남파의 차기 장문인이 되고 싶었던 거냐?"

"……."

"괜찮아. 어차피 뭘 바라고 했던 일은 아니었으니까. 그리고 네 효용 가치는 천룡학관에서 탈출했을 때 이미 바닥을 드러낸 것이나 마찬가지야."

북해의 눈보라보다도 가혹한 독설에 혈인은 입술을 질끈 깨물었다. 하나 그가 폭발하기 직전 적운비의 목소리는 한층 더 낮게 깔리기 시작했다.

"내가 정말 짜증이 나는 건 따로 있어. 네가 내 도움을 숨겼거나, 공을 너 혼자 가로채려고 해서가 아니야."

적운비는 숲 너머로 보이는 여모봉 아래의 전경을 쳐다봤다. 혈마교가 중원으로 진출한 이후 해남파는 이미 쇠락하여 예전의 세를 잃었다는 소문이 파다했다. 하나 직접 마주한 해남파의 전경은 소문과 전혀 달랐다.

비록 건물은 낡았지만, 무복과 병장기는 새것처럼 번쩍였다. 게다가 문도들의 얼굴은 부호의 자제들처럼 윤기가 가득하지 않은가.

해남파는 오래전에 비상할 준비를 끝마친 것이다.

적운비는 그것을 해구상방과 해남파의 교류에서 답을 찾

았다.

"장문인의 검을 보는 순간 깨달았어. 그분은 이미 오래전부터 반상일월검법에서 혈마교의 잔재를 걷어내려고 노력하셨다는 것을 말이야. 그리고 마침내 그것을 이뤄내신 거지. 분명 그분뿐 아니라 해귀왕 어른과 여러 문도들이 해남을 해남으로 만들기 위해 노력하셨겠지."

혈인은 고개를 들지 못했다.

적운비의 말은 대부분 사실이다. 게다가 그중 대부분은 자신조차 해남도에 와서 들었던 얘기였다.

예전에는 적운비의 능력을 대단하다고 여겼지만, 작금에 와서는 무섭다는 생각이 먼저 들었다.

그 순간 적운비가 돌아서며 손가락으로 혈인을 가리켰다.

"넌 어떠냐?"

혈인은 흠칫 놀라며 물러섰다.

"나! 나?"

"그래, 너도 뭔가 생각한 바가 있어서 천룡학관을 떠난 거잖아. 누가 네 등을 떠밀어서 해남도에 온 게 아니잖아. 그렇지 않아?"

혈인은 떨떠름한 표정으로 고개를 끄덕였다.

"그건 그래."

적운비는 혈인의 전신을 한눈에 담았다.

본래 적운비는 해남 장문인이 출수했을 때 놀랐어야 마땅했다. 그도 그럴 것이 해남 장문인의 발도는 혈인의 수련법과 전혀 달랐기 때문이다.

게다가 갑작스레 왼손으로 검을 뽑지 않았다.

왼쪽 허리에 매달려 있었기에 장문인은 역수로 검을 뽑아야 했다. 그럼에도 불구하고 정상적인 발도보다 훨씬 더 빠르고 현란하지 않았던가.

그러나 적운비는 놀라지 않았다.

이미 방갓을 쓴 노인이 해남 장문인이라는 것을 인지하는 순간 외부에서 흘러들어온 기척이 있었다.

한데 그 기척이 뇌리에 남아 있는 존재의 것이다.

본래 사람의 움직임에는 고유한 흐름이 존재한다. 그 사람의 삶을 드러내듯 특별한 기의 흐름인 것이다.

적운비가 그것을 구분할 수 있게 된 것은 전적으로 혜검의 공능(功能)이었다.

'혈인인가?'

그렇기에 혈인의 본명을 말했다.

상대가 해남 장문인이라면 당연히 반응할 것이라 여긴 것이다. 물론 적운비가 예상한 것보다 훨씬 더 격한 반응이기는 했지만 말이다.

오히려 적운비가 실망한 부분은 따로 있었다.

혈인의 기척은 천룡학관에서 헤어졌을 때와 조금도 다르지 않았다. 만약 비슷한 기의 흐름이 있었다면 혈인이라고 확신하지 못했을 게다.

그도 그럴 것이 해남도는 혈인의 고향이 아닌가.

같은 내공과 검법을 익힌 문도들이 수두룩했다.

하지만 아니나 다를까 상대는 혈인이었다.

적운비는 옅은 한숨과 함께 한 마디를 흘렸다.

"그런데 너는 지금껏 뭘 한 거냐?"

혈인은 대꾸하지 못했다.

적운비의 질문에 정곡을 찔린 것이다.

본래 그는 해남도에 돌아왔을 때만 해도 큰 기대에 부풀어 있었다. 자신은 변했고, 반상일월검법도 변하게 만들 자신이 있었기 때문이다.

하나 세상은 결코 자신을 중심으로 돌지 않았다.

해남파는 장문인을 비롯해 문도들이 모두 달라붙어 오랫동안 반상일월검법을 복원하고 있었다.

심지어 복원과 개량을 논하는 가운데 좌수검에 대한 실험까지 진행된 상태였다.

혈인이 한 것이라고는 적운비가 자신을 훈계할 때 했던 말을 고대로 전하는 것뿐이었다.

한데 그 효과가 엄청났다.

반상좌도검(反像左到劍)은 그렇게 완성 단계에 접어들었다.

외조부인 해남 장문인을 비롯해 문파의 문도들이 모두 혈인을 칭찬했다. 그간 혈마교주를 따라 변절한 줄 알았던 탕아의 귀환이라며 연회까지 열어주었다.

하나 그렇게 사람들이 추켜세울 때마다 혈인의 마음은 조금씩 무너졌다. 이 모든 일에서 자신이 한 일이라고는 말을 전한 것이 전부였기 때문이다.

그러나 혈인은 얘기하지 못했다.

이미 혈마교를 등지고 나선 길이 아닌가. 만약 해남도에서 인정받지 못한다면 천하에 그가 기댈 곳은 전무하다시피 했다.

결국 적운비의 죽음을 핑계로 하릴없이 시간을 보낼 뿐이었다. 그러니 반상좌도검에 대한 성취는 고사하고, 수련조차 제대로 이어가지 못한 것은 당연했다.

적운비는 혈인을 처음 마주한 상황에서 그것을 짚어낸 것이다.

혈인은 대꾸하지 못했다.

무슨 할 말이 있겠는가?

다만 예전과 달리 시선을 피하지 않는 점이 의외라면 의

외일 것이다.

적운비 또한 대답을 재촉하지 않았다.

시시각각 흔들리는 혈인의 눈빛에서 그의 감정을 읽은 것이다.

잠시 후 혈인은 무언가 결심한듯 담담한 어조로 한 마디를 꺼냈다.

"이제 내가 뭘 하면 되지?"

적운비는 갑작스러운 혈인의 말에 놀라지 않았다.

오히려 되물었다.

"괜찮겠어?"

혈인의 눈빛은 더 이상 흔들리지 않았다.

떨림 없는 목소리가 이어졌다.

"응."

그리고 천룡학관에서 적운비가 혈인의 수련을 지켜보며 했던 제안의 답이 돌아왔다.

"내 인생을 맡기마."

적운비는 빙긋 웃으며 손을 내밀었다.

"너와 나, 우리가 존재해야 하는 의의를 같이 한 번 찾아보자."

혈인은 적운비의 손을 맞잡고 흔들었다.

남해의 수호신이라 불린 파랑대검좌(波浪大劍座)!

그가 태동(胎動)하는 순간이었다.

*　　*　　*

해구항에 배가 드나드는 것은 너무도 당연한 일이다. 그렇기에 '그것' 또한 다른 배들에 섞여 흔적 없이 항구에 들어섰다.

선주는 고염이라는 자로 남해를 오가며 어류를 사고파는 상인으로 알려져 있었지만, 실제로는 밀염을 하는 염상(鹽商)이다.

그렇기에 물고기가 가득한 창고의 비밀 공간에는 새하얀 소금이 가득했다.

해구상방의 무인들이 배를 조사했지만, 특이점은 찾을 수 없었다. 게다가 고염이 해남도를 거점으로 밀염을 판매한 기간은 무려 육 년이다.

해구항을 담당하는 무인들 대부분이 고염과 친분을 맺은 상태였다.

해구상방의 방도 중 해구항의 경계를 책임진 호선당주가 빙긋 웃으며 제안했다.

"오늘 저녁에는 술 한 잔 하시겠소?"

고염은 히죽 웃으며 고개를 끄덕였다.

"당연하지요. 제가 대접하겠습니다."

그는 이내 선원들을 향해 고함을 쳤다.

"이것들아! 게으름 피우지 마! 다 보인다. 해가 지기 전에 모두 옮겨야 해. 비라도 오면 네놈들 삯은 없을 줄 알아!"

선원들은 비린내로 인해 대부분 입을 가리고 있었다. 그들은 군소리 없이 고염의 명령을 따라 물고기를 날랐다. 한데 그들의 눈매는 대부분 날카로웠고, 눈빛에는 흉성이 가득했다.

[무명계. 해구항 진입, 완료됐습니다.]

[이제 혈객 투입해.]

第四章

남해에 부는 피바람

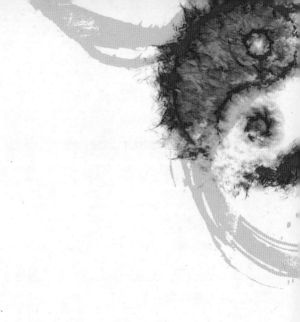

　무명계(無名契)는 사도련에 속했으나 드러나지 않은 무인과 낭인들을 일컫는 용어다.

　바로 사도련의 만안당주가 보낸 자들이다.

　혈마교 소속의 고염이 해구상방의 시선을 끄는 사이 무명계는 소리 없이 해구항으로 스며들었다.

　[무명계. 해구항 잠입, 완료됐습니다.]

　암객이 암객에게 보내는 전음이다.

　혈마교주 혈천휴가 파견한 암객의 수는 셋.

　그들은 이미 해구상방의 높은 건물 위에서 항구를 바라보고 있었다.

암류(暗流)는 턱짓으로 항구를 가리켰다.

[이제 혈객 투입해.]

그는 이번 작전의 수장이다.

같은 암객이었지만, 암섬(暗閃)은 군말 없이 항구로 향했다.

[그들은 해역에 대기 중인가?]

암묘(暗猫)는 대답이나 전음대신 고개를 끄덕였다.

[다시 한 번 살펴라. 대사형께서 보낸 자들이다. 실수는 용납하지 않아.]

암류의 명에 암묘는 소리 없이 노을 속으로 숨어들었다.

"시작되는군요."

전신을 흑의로 감싼 흑의인이 다가왔다.

암류는 그를 보고 슬며시 미간을 찡그렸다.

암섬과 암묘는 이미 몇 번의 작전을 통해 손발을 맞춰본 경험이 있었다.

하나 명조(皿早)라는 자는 명객이다.

그것도 작전 실행 직전에 합류한 자였다.

윗선에서 전한 바에 따르자면 암객과 혈객 외에 명객이 존재한단다. 그러나 암객 중에서도 작전 수행 경험이 많은 암류로서도 명객은 단 한 번도 보지 못했고, 소문조차 듣지 못했을 정도였다.

'명객? 그릇(皿)이라는 건가? 흥! 소모품일 테니 큰 기대는 하지 말아야겠군.'

어찌 됐든 부리라고 했으니 부리면 될 것이다.

암류는 시큰둥한 어조로 명했다.

"무명계와 혈객이 상방의 전면을 치고 들어간다. 우리는 뒷받침을 한다. 네 임무는 알고 있겠지?"

명조는 고개를 끄덕이며 말했다.

"해구상방의 비선각을 점거할게요. 해남파로 전서구가 뜨지 못하게 막으면 되는 거지요?"

"그래, 그것만 해라. 혼자 나서서 작전을 망치면 가만두지 않을 것이야."

암류가 짐짓 으름장을 놓자, 명조는 다시 한 번 고개를 끄덕였다. 하나 암류는 여전히 명조가 마음에 들지 않았다. 왠지 모르게 눈초리가 휜 것을 보면 복면 속에서도 웃고 있는 것은 아닌가 하는 의구심이 들었던 게다.

'명객 주제에 감정을 표현할 수 있는 건가?'

천괴에게서 비공기를 주입받은 이후 대부분의 암객은 감정을 잃었다. 심지어 암묘와 같은 경우는 말을 잃고 유아기로 퇴행하는 경우까지 있었다.

암풍이나 암은, 또는 암류와 같은 자들은 암객 중에서도 상급이었기에 명령을 내리거나 감정 표현에 익숙했다.

그런 암류에게 있어서 명조는 왠지 모르게 꺼림칙하게 느껴지는 존재나 마찬가지였다.

'혈마교 쪽이면 내가 알 텐데…… 사도련에서 파견 나온 자인가?'

* * *

해구항의 경계는 철옹성을 방불케 했다.

해남파와 해구상방이 수십 년 동안 비밀리에 독립을 준비했기 때문이다.

하나 최대의 장점은 곧 최대의 단점이라는 말이 있지 않은가. 해구항에는 해남파를 제외하면 해남도에서 칼을 좀 쓰는 무인 중 구 할 이상이 몰려 있었다.

그도 그럴 것이 해남도에서 해구는 수도와 마찬가지였다. 그러니 돈을 벌기 위한 자도, 명예를 얻으려는 자도 모두 해구항으로 모이게 된다.

그것은 고스란히 해구항을 지키는 힘이 되었다.

그러나 그 말은 곧 해구항이 무너지면 해남파까지 무혈 입성이 가능하다는 말과 같았다.

[길목은?]

해구상방에서 해남파로 통하는 관도는 다섯.

암류의 전음에 암섬이 답했다.

[혈객들이 무명계를 이끌고 통제 중입니다.]

[일각 후 진입한다.]

[비고의 물품은 어찌합니까?]

암섬의 질문은 당연했다.

혈마교의 비고에 잠들어 있던 물품은 단순하게 금전으로 추산할 분량을 넘어서지 않았던가.

[대사형은 사부님의 행보에 걸림돌이 없기를 바라신다. 비고의 물품은 목표를 제거한 후 수거해도 늦지 않아.]

[그리하겠습니다.]

잠시 후 해구항에 사신의 그림자를 드리우는 암류의 한 마디가 흘러나왔다.

[일각 후 돌입한다.]

＊　　　＊　　　＊

암류는 팔짱을 끼고 내력을 끌어올렸다.

천괴의 독문심법인 비공기는 전례가 없을 정도의 폭발력을 지닌다. 그렇기에 해구상방 인근에 은신하고 있던 혈객들에게는 비공기가 바로 신호였다.

잠시 후 어둠을 가르고 해구상방으로 향하는 무인들이

있었다.

혈객, 그들 역시 비공기를 끌어올렸다.

쏴아아아아—

암습을 하는 자들이 기세를 드러내는 이유는 하나.

[몰살!]

암류의 전음과 함께 혈객들의 핏빛 기세가 밤하늘에 펼쳐졌다.

상방의 정문을 지키던 무인들이 황급히 병장기를 뽑았다. 일개 문지기들의 무기조차 예기가 살아 있고, 새것처럼 번쩍거렸다.

해남도의 독립을 위해 지급된 무기다.

쩽!

무인은 반 토막이 난 자신의 검을 보고 눈을 부릅떴다. 동시에 혈객의 주먹이 무인의 안면을 두들겼다. 이내 두부 으깨지는 소리와 함께 하나의 삶이 이승을 떠났다.

당사자의 의견은 묵살된 채 말이다.

"점거 완료."

두 명의 혈객이 정문에 남았고, 나머지는 경공을 펼치며 상방 안으로 난입했다.

이내 건물마다 불길이 치솟으며 어둠보다 까만 연기가 자욱하게 피어올랐다.

그러나 어디에서도 비명은 들리지 않았다.

혈객과 방도들이 부딪친다.

약한 쪽이 부서진다.

오직 명부 사자만이 즐거이 웃으며 혼백을 수거할 따름이다.

일격필살(一擊必殺), 파죽지세(破竹之勢)!

혈객의 무위는 기본적으로 절정 이상이다. 거기에 비공기로 인한 비정상적인 폭발력과 파괴력을 지녔으니 제아무리 상방의 방도들이라고 해도 막아낼 재간이 없었다.

"외원 점거 완료."

혈객들은 잠시 숨을 고른 후 내원으로 향하는 입구에 집결했다.

"지금부터 진짜다. 내원의 방도는 해남파의 문도와 다를 바가 없어. 여기서 죽어버리면 불멸전생은 물거품이 된다."

"존명!"

혈객의 수장인 혈총이 눈을 부라리며 외쳤다.

"한 명을 죽일 때마다 불멸전생이 가까워진다."

혈객들의 눈에서 다시 한 번 살기가 충천했다.

혈총은 그것을 확인한 후 걸음을 내디뎠다.

"공격!"

다시 한 번 살육전의 포문이 열렸다.

＊　　　＊　　　＊

장사봉에게 있어서 오늘 하루는 사십사 년의 삶 중 사십 년은 있었을 법한 평범한 하루였다.

해도상방의 총관으로서 새벽에 집을 나섰고, 집무실에서 정오까지 서류를 처리했다. 점심은 은자 두 냥짜리 고급 요리를 먹었고, 가볍게 술도 두어 잔 들이켰다. 한 시진 정도 상방을 돌며 산보를 한 후에야 다시 집무실로 돌아왔다. 별일이 없었더라면 저녁이 되기 전에 퇴근을 했을 것이다.

한데 장부의 출납에 문제가 생겼다.

흔한 일이다.

그렇기에 장사봉은 은자 열여섯 냥이 어디로 빠져나갔는지 확인하기 위해 장부를 뒤적거려야 했다.

평소처럼 계산을 끝낸 후에야 기분 좋게 집무실을 나섰다.

술 한 잔 하고 싶은 마음이 간절했지만, 마누라의 잔소리가 귀찮아 곧바로 귀가하기로 했다.

만약 일 다경만 빨리 잔업을 끝냈다면 장사봉의 삶은 어제와 같았을 것이다. 하나 운명은 언제나 그렇듯 공정함과는 거리가 멀었다.

"장 총관! 여기서 뭐 하는 거요? 위험하니까 빨리 피하시오!"

장사봉은 어둠 속에서 튀어나온 장년인을 보고 기겁을 했다. 엉덩방아를 찧고도 넋이 나간 사람처럼 눈을 끔뻑거릴 뿐이다.

"임, 임 단주?"

"그래, 나요! 정신 차리고 빨리 내원으로 피하시오. 절대 밖으로 나오지 마!"

장년인은 다시 어둠 속으로 사라졌다.

장사봉은 입을 뻐끔거리며 당황스러움을 금치 못했다.

임가락은 비일단의 단주로 외원주의 직속 무인이다.

외원의 타격대라는 것이 어디나 그렇듯 돈 먹는 귀신이 아니던가. 하는 일도 없으면서 매일 같이 훈련을 했고, 영양을 보충한다며 좋은 것만 주워 먹었다.

이 모든 걸 가능하게 하는 것이 돈이다.

그렇기에 장사봉과 임가락은 매일같이 충돌하며 서로를 헐뜯는 사이였다.

그런 그가 왜 자신을 이토록 걱정한단 말인가?

장사봉의 뇌리에 다시 한 번 임가락의 얼굴이 떠올랐다. 겉치레를 좋아하던 그가 온몸에 피 칠갑을 한 채 헐떡거리고 있었다.

애지중지하던 검은 끈적거리는 핏물로 가득했고, 검날은 군데군데 이가 빠져서 흉물스러웠다.

'뭐지?'

그 순간 담장 너머에서 익숙한 목소리가 들려왔다.

"내가 바로 비일단의 임가락이다! 감히 해구상방을 넘보다니 간도 큰 놈들이구나. 오라! 모조리 상대해 주마!"

상방에서 다섯 손가락 안에 드는 무인이 바로 임가락이다. 한데 속으로 채 열을 헤아리기도 전에 임가락의 비명이 담장 너머에서 터져 나왔다.

장사봉의 전신에 소름이 돋았다.

이제야 눈이 뜨였는지 화마가 충천한 전각들이 시야에 들어왔고, 이제야 귀가 뜨였는지 사방에서 비명과 쇳소리가 꽂혀 든다.

'스, 습격!'

해구상방의 방주는 해귀왕이다.

하나 그는 해남파로 출타를 나간 중이 아니던가.

그렇다면 장사봉이 해야 할 일은 하나였다.

'전서구. 전서구를 날려야 해!'

해구상방의 전서구는 세 곳에서 관리한다.

장사봉은 황급히 주변을 살폈다.

천관루와 지관루는 화마에 휩싸여 당장이라도 무너질 듯 위태로웠다.

'인관루로 가야 해!'

장사봉은 뒤도 돌아보지 않고 내달리기 시작했다.

삐걱거리던 몸뚱이는 연방 비명을 내지른다. 하나 장사봉 역시 해남도의 뱃사람이 아닌가. 배를 타지는 않지만, 사방에서 불어오는 바람에 섞여 있는 소금기를 사십 년 넘게 들이마셨다.

근성만은 남에게 뒤지지 않는다.

그는 이를 악물고 인관루까지 쉬지 않고 달렸다. 다행히 인관루는 아직 적의 손길이 닿지 않았나 보다.

장사봉은 황망한 와중에도 옅은 미소를 띠며 인관루를 달려 올라갔다.

"양 루주! 양 루주! 난리가 났어!"

목적지가 멀지 않았다는 안도감 때문일까.

몸이 조금씩 늘어진다.

그러나 장사봉은 목이 터져라 외치고, 또 외쳤다.

"전서구! 전서구를 날려! 빨리! 양 루주! 양⋯⋯."

일관루의 꼭대기는 네 개의 기둥 위에 지붕을 올려놓았을 뿐이다. 전서구의 보관함과 식량, 그리고 지필묵이 벽대신 사방에 가득해야 했다.

하나 장사봉은 꼭대기에 오르는 순간 절로 말끝을 흐렸다. 새 똥으로 가득해야 할 이곳에 어째서 피가 이리도 낭자하단 말인가.

"어라?"

놀란 것은 장사봉만이 아니었다.

암류로부터 전서구 정리를 명령받은 명조는 장사봉을 보고 미간을 찡그렸다. 그는 종이를 꺼내더니 중얼거리기 시작했다.

"이상한데? 사람 넷, 전서구 열두 마리라고 했는데······ 당신은 누구지?"

장사봉은 눈을 부릅뜬 채 대꾸하지 못했다.

시체를 앞에 두고 아이처럼 순진한 눈매를 하는 자가 정상일 리 만무하지 않은가.

명조는 갑자기 키득거리더니 검을 흔들었다.

그때마다 핏물이 사방으로 튀어 나갔다.

"뭐 상관없겠지. 넷이나 다섯이나 다를 건 없잖아. 안 그래? 아저씨."

장사봉은 자신을 향해 다가오는 명조를 보며 뒷걸음질치려 했다. 그러나 뇌의 결정이 다리에 전해졌을 때는 모든 것은 결정이 난 후였다.

좌라라라락—

명조의 손에서 뻗어 나온 연검이 장사봉의 목을 두 번이나 휘감고 지나간 것이다.

"이제 끝!"

잠시 후 인관루를 벗어나는 명조의 입가에는 오래전 혈기오객의 막내가 지었던 순진무구한 미소가 걸려 있었다.

'배고픈걸?'

*　　　*　　　*

해구상방과 해구항을 점거하는 데 걸린 시간은 생각보다 길었다. 상방 내원의 무인들이 죽음을 도외시한 채 혈객들의 앞길을 막아섰기 때문이다.

하나 상방의 미래는 바꿀 수 없었다.

불길을 보고 상방으로 찾아온 무인들은 혈객에게 참살당했다. 불길을 보고 해남파로 가려던 무인들은 무명계의 합공에 목적을 이루지 못했다.

"해귀왕은?"

암류의 물음에 부복한 혈객은 담담한 어조로 입을 열었다.

"그는 상권 기획단주와 이미 상방을 떠나 해남파로 향했습니다."

"그놈이 확실한가?"

"해도대상련 복주 지부에서 재차 확인했습니다. 배에서 내린 것은 놈을 포함하여 네 명입니다. 현재 모두 해남파에 있습니다."

암류는 여전히 불씨가 남아 있는 해구상방을 내려다보며 코웃음을 쳤다.

"크큭, 해남도 따위가 감히 중원을!"

암섬이 황급히 다가왔다.

"배가 들어옵니다."

때마침 해구항에 검은 배가 들어서고 있었다.

잠시 후 흑의를 입은 마인들이 개미떼처럼 쏟아져 나왔다. 혈마교의 타격대인 흑풍대와 비격대 소속 마인 이백여 명이 해구항에 도열했다.

흑풍대주와 비격대주는 절정의 마인답게 음습한 마기를 잔뜩 흩뿌리며 등장했다.

"그대가 책임자인가?"

비격대주의 말에 암류의 눈매가 꿈틀거렸다.

그러나 암객의 신분을 밝힐 수는 없는 노릇이 아닌가.

암류는 애써 웃으며 고개를 끄덕였다.

"해구상방과 해구항에 대한 점령이 끝났습니다."

비격대주는 만족스러운 미소와 함께 수하를 향해 손짓했

다.

"장로께 여쭈어라."

잠시 후 배에서 내리는 이남이녀가 있었다.

중년인과 노인, 그리고 자매로 보이는 여인들이다.

암류는 그들을 보며 슬며시 눈을 빛냈다.

'팔이 없는 쪽이 독비룡, 얼굴이 붉은 노인이 염혈괴노일 테니 저 중년 미부들이 일월마고겠군.'

모두 혈마교의 장로들로 일신의 무위가 초절정에 근접했다는 평을 받을 만큼 강했다.

하나 암류는 내심 저들과 자신을 비교하며 우열을 가렸다. 장로 중 독비룡은 가장 어린 만큼 무위도 높지 않았다.

'염혈괴노 정도라면 내 상대로 충분하겠군.'

그리고 암류가 일월마고(日月魔姑)를 살피려는 순간이었다. 일마고의 시선과 암류의 시선이 허공에서 부딪친 것이다.

한데 일마고의 눈빛이 한순간 폭발하듯 붉게 물들더니 사라졌다.

비공기의 증거!

그리고 암류보다 최소한 한 단계는 윗줄이다.

'흡! 암객?'

이번 일은 천고의 직전 제자들이 나설만한 일은 아니었

다. 그러니 일월마고는 분명 혈천휴의 명령을 받은 암객일 터였다.

'암객도 저렇게 강해질 수 있는 건가?'

일마고가 시선을 거둔 후에야 암류는 거미줄에서 풀려난 사람처럼 운신의 자유를 되찾은 기분이었다.

암류는 고개를 숙이며 일월마고를 맞이했다.

하나 염혈괴노는 당연히 자신에게 하는 인사라고 생각했는지 인사를 받았다. 그러고는 치하를 하듯 암류의 어깨를 두드려 주는 것이 아닌가.

고개를 숙인 암류의 눈빛이 서늘하게 변했다.

하나 감정을 드러낼 만큼 어수룩하지는 않았다.

오히려 옅은 미소로 염혈괴노의 환심을 샀다.

"상방은?"

염혈괴노는 수염을 쓰다듬으며 물었다.

"점령했습니다."

"좋군. 비고의 물품은?"

"놈들은 하화(下貨)하지 않았습니다. 모두 창고에 쌓여 있는 상태입니다. 작전 완료입니다."

염혈괴노는 입꼬리를 올렸다.

"끝났어? 그럼 바로 여모봉으로 가지. 소금기 때문인가? 찝찝하군."

장로들이 뒷짐을 지고 산책을 하듯 나섰다.

그 뒤를 흑풍대와 비격대가 뒤따랐다.

암류는 어둠 저 멀리에 어슴푸레 보이는 여모봉을 떠올리며 눈을 가늘게 떴다.

'해남파도 이제 끝이군.'

*　　*　　*

"이쪽 사람은 아닌 것 같은데?"

적운비는 문중 회의를 위해 전각으로 들어서는 사람들을 보며 턱짓했다.

혈인은 나직이 탄성을 흘렸다.

"여모봉 서쪽에 백사라는 땅이 있어. 소수민족이 사는 곳인데 전통을 고수하는 곳이지."

단박에 짚이는 것이 있었다.

"아! 반상검의 원형이 남아 있던 건가?"

적운비의 말에 혈인은 눈을 휘둥그레 떴다.

'역시 이놈은 괴물이야. 도대체 모르는 게 뭐지?'

하나 이제 혈인도 당할 만큼 당하지 않았던가. 표정을 숨긴 채 담담한 어조로 말을 이었다.

"응, 맞아. 백사의 전통 무예가 존재했지. 외부와 교류가 적었던 탓에 다른 것이 섞이고 말고 할 것도 없었나 봐."

"장문인의 검법이 그랬던 이유가 있었네."

혈인은 어깨를 으쓱거렸더니 물었다.

"너 진짜 해남파랑 힘을 모아서 혈마교랑 한판 하려는 거냐?"

"글쎄다."

"야! 이제 한 배를 탄 몸이잖아. 말해봐."

적운비는 대답 대신 웃음을 지었다.

"결정은 내가 아니라 해남파가 하는 거야. 내가 너한테 그랬던 것처럼 말이야."

혈인은 입술을 삐죽거렸다.

"결국 말하지 않겠다는 거군."

적운비는 피식 웃으며 손짓했다.

"이리 와봐."

"왜?"

혈인의 퉁명스러운 대꾸에 적운비는 입꼬리를 올렸다.

"놀면 뭐 하냐? 한판 하자."

제일 먼저 든 생각은 '하기 싫다.' 였다.

혈인은 다섯 보 정도 떨어져 있는 적운비를 힐끔 쳐다보며 입술을 삐죽거렸다. 일전에 위지혁과 함께 덤볐을 때에도 박살이 나다시피 하지 않았던가.

그런 놈이 죽다 살아왔으니 얼마나 더 강해졌을까 하는 우려가 먼저 든 것이다.

게다가 자신은 수련을 등한시하고 허송세월을 보내지 않았던가. 가뜩이나 자존감이 하락한 상황에서 시궁창에 처박히고 싶은 마음은 없었다.

한데 저놈의 눈빛이 문제다.

반상일월검법을 수련할 때에도 적운비는 그랬다.

대화의 시작은 항상 대수롭지 않았으나, 이어질수록 홀린 것처럼 빨려 들어가지 않았던가.

놈은 화술로도 일정 경지에 오른 것이 분명했다.

혈인은 어느새 자신도 모르게 뽑아든 검을 보고 나직이 한숨을 내쉬었다.

"아까도 얘기했지만, 내가 요즘 바빠서 말이지. 수련을 생각보다 열심히 하지 못했다고나 할까?"

적운비는 어깨를 으쓱거렸다.

"어차피 너는 나한테 안 되잖아."

"뭐?"

"그러니 수치심 같은 건 느끼지 말고, 편안하게 덤벼 봐. 형한테 어리광 피우는 것처럼 말이지."

적운비의 말에 혈인의 눈매가 역팔자를 그렸다.

"이 새끼가 또 말을 저따위로 하네?"

화를 내도 놈의 미소를 깨기란 불가능에 가까웠다.

"옳지. 그래, 그렇게 하란 말이야. 잘하네."

"이 새끼가!"

혈인은 분기탱천하여 내달렸다.

늘어트렸던 검은 어느새 역수로 쥔 상태다.

자세를 바꾸면서 자연스럽게 검결지를 변경한 것이다. 게다가 혈인의 하반신은 무당파의 건곤구공처럼 흔들림이 없었다.

적운비는 빠르게 쇄도하는 혈인의 작은 움직임까지 한눈에 담았다. 한데 녀석의 말처럼 마냥 놀기만 한 것은 아닌가 보다.

분명 스스로에게 실망한 만큼 수련만은 거르지 않았으리라. 무엇보다 혈인에게 남은 것은 이제 검밖에 없지 않은가.

하나 그것과는 별개로 단점이 너무 많이 보였다.

'수련을 너무 과하게 한 건가? 쓸데없는 움직임이 많이 붙었네.'

적운비는 늘어진 나뭇가지를 꺾어 손에 쥐었다.

그러고는 혈인을 향해 한 걸음 나아갔다.

반상좌도검법은 첫 검격으로 모든 것을 결정한다.

그만한 폭발력을 지닌 발검술이다.

하나 그렇기에 치명적인 약점이 존재했다.

바로 선제공격이다.

적운비는 나뭇가지로 허공을 찔렀다.

"흡!"

혈인은 대경실색하며 몸을 비틀어야 했다.

적운비의 움직임은 혈인이 나아갈 검로를 선점한 것이나 다름없었던 것이다. 이대로 발검술을 펼치려 했다면 나뭇가지에 손목을 들이대는 꼴이었을 게다.

팟!

혈인이 발끝으로 버티면서 핑그르르 돌았다.

한데 그 모습은 묘하게도 하나의 원을 그리고 있었다. 무당파의 건곤구공은 가장 완벽한 인체의 조화를 논하지 않던가. 그러니 혈인이 펼치는 보법 또한 상당한 수준일 것이 분명했다.

'조금 더 구경해 볼까?'

적운비는 짐짓 놀란 척하며 한 걸음 물러섰다.

혈인은 그 짧은 순간을 놓치지 않고 번개처럼 쇄도했다.

'균형과 폭발이 절묘하게 조화를 이루잖아.'

천룡학관에서 수련하던 보법은 아니다. 분명 해남파로 돌아온 후에 배웠을 것이 틀림없었다.

"쓰흡!"

혈인은 적운비의 지척에 이르자, 한껏 상체를 숙인 채 달려든다. 마치 머리로 들이받으려는 것처럼 말이다. 하나 흘러내린 앞머리 사이로 비치는 혈인의 눈빛은 여전히 단 한 번의 기회를 노리고 있었다.

'이 자식을 이기는 건 불가능해. 하지만 한 방 정도는 먹여줄 수 있지!'

"하하하! 너 많이 컸다?"

적운비가 비아냥거리며 좌우로 몸을 비틀었다.

가벼운 움직임으로 보였으나, 그것만으로도 잔영이 남을 정도로 빨랐다.

하나 혈인의 입꼬리가 미세하게 치솟았다.

'이 새끼, 걸렸다!'

적운비는 이미 천룡학관에서 자신을 쓰러트릴 때의 보법이다. 혈인은 그 날의 기억을 조금도 잊지 않았다. 오히려 잠들기 전마다 항상 복기하며 녀석의 움직임을 마음에 새겼다.

그 노력에 대한 보상이 이뤄지는 순간이었다.

'파랑전사경이라면 가능해!'

좌라라라라락—

혈인의 손아귀에서 검이 회전하기 시작했다.

손바닥과 검 사이의 공간을 내공으로 둘러싸 회전시킨 것이다. 단전으로부터 생성된 진기를 실처럼 꼬아서 호선을 그리며 전달하는 전사경의 묘리를 발검술에 담았다.

이것이 바로 파랑전사경(波浪纏絲經)이다.

"차핫!"

혈인은 물속에서 쇠추를 끌어올리듯 왼손에 힘을 주었다. 그러고는 적운비를 향해 휘둘렀다.

그 순간 놀라운 광경이 벌어졌다.

검기에 휩싸인 검이 마치 연검처럼 낭창거린 것이다. 방금 잡아 올린 물고기가 팔딱거리듯 생동감이 가득했다.

'맙소사!'

적운비는 한 때 규검이라는 별호를 얻지 않았던가.

비록 세상에 드러내지는 못했으나, 단 한 번도 잊은 적은 없었다. 한데 혈인이 그와 같은 방식으로 검기를 흩뿌렸으니 경악하는 것은 당연했다.

불현듯 해남의 무학은 상궤와 어긋나, 좌도방문이라 불린다던 옛 기록이 떠올랐다.

적운비는 왼손을 뒤집어 허공을 감쌌다. 왼손이 태극의 문을 그리는 순간 팔꿈치와 어깨는 물론이고, 오른손까지 물결처럼 이어지기 시작했다.

그리고 하나의 원이 그려졌을 때 혈인의 발검으로 만들

어진 검기는 갈 길을 잃었다.

혈인은 회심의 한 수가 막힌 것에 경악했고, 적운비는 옅은 미소를 띠었다.

이제 자신이 만든 태극의 기운 속에 혈인의 검기를 융화시켜 하나로 만들어야 했다. 그리고 그것을 다시 자연으로 돌려보낸다면 그야말로 태극의 조화가 이뤄지는 것이리라.

한데 그 순간 적운비의 오감을 자극하는 존재가 있었다.

콰직!

적운비는 혈인의 검기를 황급히 숲으로 튕겨 냈다.

"야! 왜 그래?"

혈인이 눈치를 보며 물었지만, 적운비는 눈을 가늘게 뜬 채 기감을 넓히고 있었다.

"이긴 놈 표정이 왜 그래? 뭐야? 설마 파랑전사경에 쫄기라도 한 거냐?"

하나 엉뚱한 대답이 돌아왔다.

"냄새가 나."

혈인은 고개를 갸웃거리며 코를 벌름거렸다.

"냄새? 해남도는 사면이 바다라 바람에도 짠내가 가득해. 네가 아직 익숙해지지 않아서 그런 거야."

적운비는 고개를 내저었다.

"역한 냄새가 나. 그것도 아주 많이……."

"뭐라는 거야?"

적운비는 여모봉 중턱을 내려다보며 침음을 삼켰다.

'그놈들이다!'

第五章

건곤와규령
(乾坤渦糾寧)

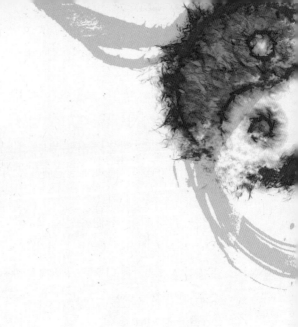

　염혈괴노는 자신이 대장이라도 된 것처럼 선봉에 서서 여모봉을 올려다봤다.

　"해남에서 제일 높다더니 그럭저럭이로군."

　독비룡은 장검을 품은 채 염혈괴노의 시선을 좇았다. 같은 장로의 신분이라고 해도 두 사람의 격차는 상당했다. 속된 말로 염혈괴노가 한창 강호를 종횡할 때 독비룡은 병정놀이나 하던 아이가 아니던가.

　"종 선배께서 수고를 하실 만큼 대단한 곳은 아닌 듯싶군요."

　염혈괴노는 독비룡의 말에 웃으며 대꾸했다.

"교주께서 친히 명을 내리셨어. 어찌 내가 노구를 이끌고 나서지 않을 수가 있었겠는가."

"해남파 따위는 한 시진이면 멸문시킬 수 있을 겁니다. 애초에 거리가 멀고, 관리가 불편해서 방치한 곳이 아닙니까."

"클클, 자네 말이 옳네. 주인을 모르고 덤벼드는 개새끼는 두들겨 패야 정신을 차리는 법이지."

독비룡은 분위기를 더 띄우기 위해 농까지 했다.

"그렇다면 오늘 밤에는 개고기라도 잔뜩 구워야겠군요."

"크하하하! 그거 좋지!"

흑풍대주와 비격대주가 다가왔다.

"모든 길목을 차단했습니다."

염혈괴노는 고개를 돌리더니 미간을 찡그렸다.

흑풍대와 비격대의 마인들이 고스란히 도열하고 있었기 때문이다.

"후방을 저들이 맡는 것이냐?"

염혈괴노가 턱짓으로 가리킨 자들은 무명계다.

사도련의 무력은 혈마교주가 암객에게 직접 전달한 것이다. 그러니 염혈괴노에게 있어서 무명계란 뜨내기들에 지나지 않았다.

"본교에서 새로 키우는 타격대랍니다. 하는 것을 보니 제

법 기강도 잡혀 있고, 쓸 만하더군요."

염혈괴노는 마뜩잖은 표정을 지었다.

해구상방을 점거한 정도의 공로로는 믿을 수가 없었던 것이다.

"책임자는?"

멀찍이 떨어져 있던 암류가 다가왔다.

"대주로 내정된 류라고 합니다."

염혈괴는 암류를 향해 기세를 일으키며 씹어뱉듯이 읊조렸다.

"포위망이 뚫리면 내가 직접 너를 찢어 죽일 거다. 알겠느냐?"

암류는 일부러 몸을 부르르 떨며 대답했다.

"명심하겠습니다."

염혈괴노가 돌아간 후 암류에게 암섬이 다가왔다.

[저자의 말처럼 후방에서 지원합니까?]

[무명계는 혈객에게 맡기고, 우리는 멀리서 지켜본다. 저들로 일 처리가 가능하다면 굳이 우리가 나설 필요는 없겠지.]

[전하겠습니다.]

암류는 흑풍대의 호위를 받고 있는 일월마고를 향해 다시 한 번 눈인사를 했다. 그 순간 암류의 귓가에 한 줄기 전음이 흘러들어왔다.

그리고 잠시 후 염혈괴노의 외침이 퍼졌다.

"자! 그럼 토끼몰이를 시작해 보자고."

*　　　*　　　*

염혈괴노는 팔짱을 끼고 가볍게 걸음을 내디뎠다.

튕기듯이 가볍게 나아갔지만, 걸음마다 주변 풍광은 일
장씩 뒤로 밀려난다.

흑풍대주와 비격대주가 그 뒤를 이었고, 흑풍대와 비격대
의 이백 마인이 넓게 퍼져서 산 정상을 향해 나아갔다.

"눈에 보이는 건 모조리 죽여라."

흑풍대주의 서늘한 말에 대원들은 대꾸하지 않았다.

그저 살기를 더욱 고조시킬 뿐이었다.

"곧 해남파의 산문입니다."

잠시 후 등장한 해남파의 문은 검붉은 빛으로 번들거렸
다. 일반적인 철에 몇 가지 처리를 하여 강성과 내구성을 증
가시킨 탓이다.

염혈괴노는 진득한 혈소와 함께 한 마디를 읊조렸다.

"혈마교의 힘을 보여줘라!"

흑풍대주는 자신의 뒤를 따르는 흑풍일조에 눈짓을 했

다.

서른 명의 마인들이 더욱 빠르게 내달렸다.

촤랑—

마인들의 검이 뽑힘과 동시에 해남파의 산문 위로 서른 개의 인형이 떠올랐다.

염혈괴노를 비롯한 마인들은 산문 앞에서 걸음을 멈췄다. 이제 곧 월담을 한 마인들이 문을 열어줄 것이라고 확신하면서 말이다.

한데 그 순간 산문 너머에서 엄청난 기의 흐름이 몰아쳤다. 마치 연못의 한가운데에 구멍이 뚫렸고, 그 구멍으로 물이 빨려 들어가듯이 말이다.

미약하게 시작된 흐름은 어느새 회오리처럼 거대한 와류를 만들어 내며 폭발한 것이다.

굉천뢰(轟天雷)다. 군부에서나 사용할 법한 화탄!

콰콰쾅!

염혈괴노는 생각지도 못한 폭발에 눈을 부릅떴다. 그런 그의 눈에 산문 위로 튕겨져 나가는 십여 명의 마인들의 모습이 비쳤다.

비현실적인 광경에 창졸간 말문이 막힐 정도였다.

'맙소사! 화탄이라니! 기다리고 있던 건가?'

염혈괴노는 갑작스럽게 상황이 변하자, 짜증이 물밀듯이

밀려왔다. 그는 후방에서 대기하고 있을 암류와 무명계를 떠올렸다.

'쓰레기 같은 것들! 전서구 하나 못 막은 건가?'

한데 십여 명이 허공에서 떨어졌음에도 산문 너머에서는 아무 소리도 들리지 않았다. 게다가 십여 명 외에도 스무 명 가까이 더 들어가지 않았던가. 한데 그들 역시 조용하기만 했다.

마치 어둠에 먹힌 것처럼 말이다.

흑풍대주가 당황한 기색을 드러내며 염혈괴노를 쳐다봤다.

"뭐해? 이대로 시간을 줄 생각인가!"

염혈괴노의 짜증 섞인 외침에 흑풍대주는 황급히 수하들을 향해 손짓했다. 비격대주도 예외는 아니었다. 잠시 후 흑풍대와 비격대의 마인들이 꼬리를 물고 담장 위로 몸을 날렸다.

채챙!

"함정입니다!"

십수 명이 더 들어간 후에야 쇳소리가 울렸고, 비명과 함께 경고성이 터져 나왔다.

염혈괴노는 미간을 찡그렸다.

해구상방의 혈겁이 해남파에 전해진 것이 분명했다. 이대로 마인들의 희생이 늘어난다면 해남파를 멸문시켜도 공을 인정받기 힘들 터였다.

'쯧쯧, 이래서 교의 본진을 보내자고 했더니……'

염혈괴노는 애꿎은 무명계를 탓하며 몸을 날렸다.

그의 등장은 곧 전면전을 의미했다.

흑풍대와 비격대가 모두 담장 위에 올라섰다.

담장 너머의 광경을 마주한 마인들은 경악하지 않을 수가 없었다.

깊게 파인 땅, 그 위에 꽂힌 쇠꼬챙이.

정문과 같은 재질의 철책과 기름이 끓고 있는 솥.

'이게 다 뭐야?'

심지어 해남파의 문도들은 창을 쥐고 있었다. 후미에는 활을 겨누고 있는 문도들이 이 열 종대로 진형을 꾸렸다. 그뿐 아니라 지붕 위에는 하급 제자로 보이는 이들이 연노(連弩)를 겨누고 있었다.

염혈괴노는 그 모습을 보고 파안대소했다.

"크하하하! 뭐야? 전쟁이라도 하려는 거냐?"

하나 해남파에서는 아무런 대꾸도 없다.

문도들은 그저 매서운 눈매로 담장 위를 노려볼 뿐이다.

흑풍대주와 비격대주는 잠시 시선을 교환했다.

해남파의 준비는 철두철미했으나, 염혈괴노나 독비룡에

게는 무소용일 것이다. 초절정은 노름이나 돈으로 도달할
수 없는 경지가 아니던가.

대주급만 되어도 할 만한 상황이다.

하나 흑풍대와 비격대의 마인들에게는 예상외로 큰 위협
이 될 터였다.

[어쩔 거요?]

[나라고 방법이 있나?]

흑풍대주는 코웃음을 치고 있는 염혈괴노를 슬쩍 가리키
며 전음을 보냈다.

[위에서 까라면 까야지.]

비격대주는 긴장된 표정으로 해남파의 대연무장을 노려
봤다.

'무턱대고 돌진하면 사상자가 장난 아닐 텐데……'

마인들은 돌격 명령이 내려지면 쏟아지는 화살을 피해 구
덩이를 건너고, 철책을 넘어야 한다. 그 후에는 철책 사이로
쇄도할 날카로운 창과 펄펄 끓는 기름을 피해야 했다. 게다
가 혹시 모를 화탄까지 고려해야 하니 사지로 기어들어가는
것과 다르지 않았다.

절정의 고수였지만, 상대도 그건 마찬가지였다.

"실로 어처구니가 없군. 고작 관군의 흉내를 내면서 혈마
교에 반하려는 건가?"

해남파는 이번에도 반응하지 않았다.

염혈괴노는 뒤도 돌아보지 않고 한 마디를 흘렸다.

"흑풍대주."

"예."

"뚫어라."

흑풍대주는 일고의 망설임도 없이 대꾸했다.

"행하겠습니다."

이미 염혈괴노의 눈동자는 새빨갛게 달아오른 상태였다. 독문심법인 진혈삼라마공(盡血三羅魔功)을 끌어올린 게다.

염혈괴노가 분노한 이상 수하들의 목숨을 걱정할 배짱이 흑풍대주에게는 없었다.

어차피 죽은 숫자만큼 충원되지 않던가.

"돌격! 해남 장문인의 목을 가지고 오라!"

흑풍대원들은 담장 아래로 몸을 날렸다.

장로가 요구했고, 대주가 명령했다.

이제는 뚫고 나가는 수밖에 없었다.

"크하핫!"

음습한 마기가 사방에서 터져 나왔다.

비격대도 흑풍대에 질세라 몸을 날렸다. 이제 공세가 시작된 이상 먼저 공을 세우는 쪽만 남게 될 것이 분명했다. 공을 세운 쪽이 다른 대의 잔존 마인들을 흡수하리라.

"죽여! 죽여! 죽여!"

비격대주가 몸을 거꾸로 뒤집으며 쌍검을 휘돌렸다.

채채채채챙—

구덩이에 거꾸로 꽂혀 있던 철검들은 수수처럼 부러져 튕겨 나갔다. 그 뒤로 비격대의 무인들이 내려와 철책으로 향했다.

쉭쉭쉭쉭쉭쉭!

"화살이다!"

그 순간 담장 위에서 전황을 지켜보던 염혈괴노가 팔짱을 풀었다. 그러고는 두 손을 들더니 대갈일성을 내지르는 것이 아닌가. 앙상한 팔목과 목내이 같은 손가락 사이사이가 핏빛으로 물들기 시작했다.

그것은 이내 양손에 맺혀 들었고, 기괴하게 번들거렸다.

"감히 해남파 따위가!"

염혈괴노는 살기 가득한 한 마디와 함께 양손을 전방으로 내질렀다.

콰콰콰쾅!

진혈삼라마공의 운용은 기본적으로 검수들이 검막을 펼치는 것과 같았다.

염혈괴노의 마기가 만들어낸 기막이 세 개로 갈라지더니 그물처럼 허공을 뒤덮었다. 마치 세 명의 절정 고수가 제각기 검막을 흩뿌리는 것처럼 말이다.

당황스러워하던 마인들의 얼굴에 화색이 돌았다.

제아무리 화살 비가 쏟아진다고 해도 염혈괴노의 기막을 뚫기란 요원했다.

"가자!"

흑풍대주와 비격대주가 다시 한 번 수하들을 독려했다.

한데 그 순간 이변이 일어났다.

해남파 문도들의 중심부에서 다시 한 번 엄청난 기의 흐름이 몰아친 것이다. 예전과 마찬가지로 미약하게 시작했으나, 이내 거대한 용권풍처럼 불어났다.

가장 먼저 눈치챈 사람은 다름 아닌 염혈괴노였다.

용권풍은 그가 만든 기막을 향해 몰아쳤기 때문이다.

"크흑!"

염혈괴노는 진혈삼라마공을 극성으로 끌어올렸다.

그러고는 자신이 흩뿌린 기막에 연이어 쏟아부었다.

'해남 장문인 따위에게 밀려서야 고개를 들 수가 없다!'

엄청난 내력이 연달아 내질렀으니 기막은 그야말로 호신강기를 유형화시킨 것처럼 강렬한 존재감을 드러낸다. 그렇기에 용권풍과 격돌하는 순간 염혈괴노는 승리를 확신했다.

콰콰콰콰쾅!

소멸했다.

그토록 세차게 몰아치던 기류가 사라진 것이다.

염혈괴노는 광소를 터트렸다. 아니 터트리려 했다.

기막에서 전해진 묘한 진동이 아니었다면 말이다.

지잉—

'……?'

갑작스레 등골이 서늘하다.

이곳은 중원의 최남단인 해남도다.

끈적끈적한 바람이라면 모를까, 난데없이 북해의 한풍처럼 서늘한 기운은 뭐란 말인가.

지이이이이이이이이이이잉—

그 순간 기막이 요동을 쳤다.

허공에 넓게 드리워놓은 그물이 아니던가.

한데 염혈괴노의 반대편에서 누군가 장난을 치는 것처럼 흔들거렸다. 시간이 흐를수록 통제권을 상실했고, 염혈괴노는 신음과 함께 튕겨 나갔다.

"크흑!"

염혈괴노는 눈앞에서 벌어지는 광경을 믿을 수가 없었다. 자신이 흩뿌린 세 개의 기막이 출렁거리며 하나로 뭉쳐지는 것이 아닌가. 그러고는 이내 하나가 되어 휘돌기 시작했다. 거대한 원으로 휘도는 기막 사이로 해남파 문도들이 날린 화살 비가 쏟아졌다.

쉭쉭쉭쉭쉭쉭쉭!

"크아악!"

염혈괴노가 할 수 있는 일이라고는 수십 명의 마인들이 꼬치가 되는 모습을 구경하는 것이 전부였다.

"어째서 이런 일이……."

그 순간 해남파 문도 사이에서 나직한 읊조림이 들려왔다.

"태극은 만변(萬變)하니, 곧 일원(一元)이 아니겠습니까?"

염혈괴노의 얼굴에서 느긋함이 사라졌다.

진혈삼라마공은 열양공에서도 손꼽히는 상승 무공이다. 그런 상승 무공을 수십 년간 쉬지 않고 수련했다.

만약 적의 공세로 기막이 파괴됐다면 지금처럼 놀라지는 않았을 것이다. 적은 자신의 내공으로 만들어낸 기막을 빼앗아 가지 않았던가. 그러고는 제 것처럼 하나로 융화시켜 버렸다.

제일 먼저 드는 생각은 사술이었다.

'환각인가? 아니면 진법이라도 펼쳐져 있던 건가?'

황급히 주변을 살폈다.

하나 흑풍대와 비격대의 마인들이 해남파의 문도들과 싸울 뿐 이상한 점은 찾을 수가 없었다.

그 순간 전장에 해남파 문도들이 더 투입됐다.

염혈괴노는 그제야 이선에 서 있는 문도들을 확인할 수 있었다.

그 중심에 적운비가 있었다.

'너무 어리잖아?'

염혈괴노의 눈매가 꿈틀거렸다.

미풍처럼 부드러운 기운을 휘감고 있는 것은 적운비가 유일했다.

하지만 그럼에도 불구하고 너무 어리지 않은가.

저런 애송이가 자신의 기막을 가지고 놀았을 리가 없다. 아니 애초에 애송이에게 휘둘렸다고는 인정하기가 죽어도 싫었다. 하나 주변을 아무리 살펴도 또 다른 적수는 나타나지 않았다.

결국 적운비라는 존재를 인정할 수밖에 없었다. 그리고 그만큼 염혈괴노는 분노했다.

'겨우 저깟 놈이 나를!'

염혈괴노는 축 늘어졌던 어깨를 펴고 허리를 꼿꼿이 세웠다. 잠시 후 활짝 편 그의 양손에서 검붉은 마기가 솟구쳤다.

"크아아아아!"

＊　　　＊　　　＊

본래 적운비는 비공기를 느끼는 순간 적을 찾아 떠나려 했다. 적의 기세가 남달랐고, 시간이 흐를수록 그 수가 늘어났기 때문이다.

게다가 제갈세가에 짓밟힌 무당을 떠올리면 도외시할 수가 없었다.

한데 그런 적운비를 만류한 것이 혈인이다.

혈인은 적운비를 데리고 해남파의 심처로 향했다.

장문인과 해귀왕을 비롯한 해남파의 중진들이 모두 모여 있었다.

그들은 적운비의 경고에 발 빠르게 움직였다.

마치 이런 일에 대비해 오랜 세월 훈련을 한 것처럼 말이다.

잠시 후 산문에서 통하는 연무장의 청석이 하나둘씩 걷혔다. 그 아래에는 구덩이가 파여 있었고, 검까지 꽂혀 있었다.

문도들은 제각기 역할을 나눠 철책을 가져왔고, 활과 창을 나누어 정비했다. 마치 오늘만을 기다린 사람들처럼 일사불란하지 않은가.

그리고 적이 침입하기를 기다린다.

'해남파는 오래전부터 혈마교와의 싸움을 준비했구나.'

절정의 무인이라고 해도 뚫기가 쉽지 않아 보인다.

적운비는 그렇게 해남파의 문도들과 함께 적을 기다렸다. 하나 마인들이 산문을 넘었어도 적운비는 나서지 않았다.

이미 해남파의 척후조로 인해 적의 규모가 대략적으로나 마 드러난 상태가 아닌가.

해남 장문인은 이백 명이라는 소리에 코웃음을 쳤다.

그리고 그는 자신의 웃음이 허풍이 아니라 자신감임을 증 명했다.

삼십여 명의 마인들이 손도 제대로 쓰지 못한 채 추풍낙 엽처럼 쓰러진 것이다.

'좋아!'

해남문도들이 스스로 해야 할 일을 찾았으니, 이제 적운 비의 차례였다. 적운비는 조용히 기감을 넓게 드리운 채 천 괴의 무공을 지닌 자들을 기다렸다.

한데 경계해야 할 것은 살수뿐이 아니었다.

혈마교의 장로인 염혈괴노의 마공은 해남문도들을 상하 게 만들기에 충분했다. 물론 해남파는 염혈괴노로 인해 곤 란할지언정 무너지지는 않을 것이다. 하나 굳이 사상자를 늘릴 이유가 없지 않은가.

그렇기에 적운비는 적극적으로 나섰다.

한데 직접 마주한 염혈괴노의 기막은 생각 이상으로 음습하고, 끈적거렸다.

조화의 태극이라면 부조화의 마기를 상대하기에 부족함이 없으리라. 전력을 다해 양의심공을 일으켰다. 그리고 그렇게 끌어낸 내력을 면장에 담아 내질렀다.

대저 천지만물은 근원으로 돌아가려는 습성을 지녔다. 흔히 말하는 자연 치유력은 상상 이상으로 엄청난 자연의 섭리였다. 그렇기에 부정한 기운은 시간이 지날수록 정순해진다.

또 이런 말도 있지 않은가.

정과 마의 우열을 논할 때 이십 대는 마도인이 승리하고, 사십 대에는 정과 마가 비등하며, 육십 대에는 정파인 승리한다는 명언을 떠올려 보라.

적운비의 내공은 혜검을 품었다.

그러니 지고한 자연지기로 염혈괴노의 검막을 정화시키는 것은 그리 어렵지 않았다.

적운비는 진혈삼라마공의 마기를 태극의 문양으로 휘돌렸다. 공파산의 묘리로 끊임없이 원을 그리니 염혈괴노는 결국 통제권을 잃어야 했다.

적운비는 강렬한 마기를 태극의 묘로 휘돌리다가 허공으로 흩뿌렸다. 오염된 기운이 대기 중에 퍼졌지만, 걱정하지는 않았다.

천지자연의 기운은 무한하니 초절정 고수의 마기 따위는 한순간에 어디선가 정화될 것이 분명했다.

'후우……'

쉽지 않다.

상대는 수십 년간 내공을 갈고 닦은 자가 아니던가. 그런 자의 마기를 파고들어 정화시켰으니 손쉬울 리가 없다. 그나마 염혈괴노의 마기가 화살 비를 막기 위해 사용된 것이 다행이라면 다행이었다.

'막상 싸우면 어떻게 될까?'

자현원의 살수는 분명 천괴의 내공만 익힌 자가 분명했다. 그러니 혜검에 직접적인 타격을 입어 일수에 격퇴된 것이다.

만약 천괴의 내공에 본신무공을 지닌 자라면 자현원의 살수보다는 상대하기가 까다로울 터였다.

'그래도 이런 곳에서 무너지려고 여기까지 온 건 아니잖아?'

스스로에 묻고, 스스로 웃음으로 답했다.

적운비는 염혈괴노를 도발하며 만면에 환한 미소를 띠었다.

염혈괴노는 미소 대신 악귀처럼 일그러진 얼굴로 씹어뱉듯이 읊조렸다.

"감히!"

우두둑—

그의 어깨뼈가 기괴한 소리를 내더니 견갑골이 맞닿았을 정도로 양팔이 뒤로 꺾였다. 그리고는 이내 양 팔의 팔꿈치까지 맞닿는 것이 아닌가.

그리고 염혈괴노의 일갈이 터져 나왔다.

"뒈져라!"

새빨갛게 물든 손이 고무처럼 늘어난다.

아니 그것은 착각이었다.

염혈괴노의 쌍장이 강기를 머금은 것이다.

그것이 일직선으로 꽂혀 든다.

쿠쿠쿠쿵!

미친 말이 내달리듯 핏빛 강기는 대기를 짓밟으며 쇄도했다.

경로에 있던 마인들은 대경실색하며 황급히 몸을 날렸다. 하나 미처 피하지 못한 자들은 강기에 휘말린 채 산산조각이 나야 했다.

스친 부분조차 뭉텅뭉텅 터져 나가는 모습은 싸움이라고 부르기에도 혐오감이 들 정도였다.

이것이 마기(魔氣)였고, 마공(魔功)인 게다.

남보다 더 빠르고, 강하게 성장하려는 자들이 천지의 조화를 무너트리고 찾아낸 부조화의 극의(極意).

적운비는 찰나 간 쇄도하는 핏빛 강기에서 눈을 떼지 않았다.

자연지기를 더럽히며 제 몸뚱이를 불리는 기운.

좋다, 강력함만은 인정한다.

하지만 패악은 용납할 수 없었다.

적운비는 가볍게 숨을 몰아쉰 후 몸을 날렸다.

염혈괴노의 강기를 상대하는 것은 두렵지 않다.

하지만 그로 인해 주변의 해남문도들은 큰 피해를 입을 것이 분명했다.

그렇기에 적운비는 격돌 지점을 앞당겨 피해를 최소화하려는 것이다.

오른손 바닥은 하늘을 가리켜 건(乾)이 되고, 왼손 바닥은 땅을 가리켜 곤(坤)이 된다.

건양대천공과 곤음여지공의 두 줄기 내력이 단전을 휘감아 양의심법으로 화(化)했다.

두 기운을 새끼줄처럼 꼬아서 대주천한다.

임맥과 독맥을 타고 흐르던 내력은 어느새 양손에 맺혀 있었다.

적운비의 양손 또한 공파산의 묘리로 태극을 만들어 냈기 때문이다.

'건곤와규령!'

그 순간 천혜의 방패가 적운비의 양손을 감쌌다.

쩡!

염혈괴노의 입가에 옅은 미소가 맺혔다.

핏빛 강기를 막아선 적운비가 튕겨 나갔기 때문이다.

'허세였던가? 뭐든 상관없지!'

마인들이 그러했듯 적운비의 손도 갈가리 찢겨나갔을 것이다.

한데 염혈괴노의 미소는 오래가지 못했다.

튕겨 나갔어야 할 적운비가 여전히 핏빛 강기를 마주하고 있었던 것이다.

순간 환각을 보는 줄 알았다.

하지만 적운비는 여전히 제자리를 지키고 있었다.

'뭐야? 저건!'

염혈괴노의 주름진 눈이 찢어질 듯이 커졌다.

적운비는 매 순간 핏빛 강기에 튕겨 나갔다.

팡! 팡! 팡! 팡! 팡!

한데 그것과 동시에 어느 순간 다시 강기를 막아선다. 염혈괴노는 뒤늦게 적운비의 잔영이 쉴 새 없이 튕겨져 나가는 것임을 확인했다. 결국 자신의 강기는 한 걸음도 나아가지 못한 채 막혀 있는 셈이다.

불현듯 떠오르는 이야기가 있었다.

　천지합일(天地合一)에 이르면 절대지경(絶對之境)
에 발을 디딘다고 했다. 천지(天地)와 내가 다르지 않
으니 진퇴(進退)에 구애받지 않고, 마르지 않는 내력으
로 신인(神人)과 같다지 않던가.

염혈괴노의 전신에 소름이 돋았다.

저 어린놈이 절대지경에 들었을 리는 만무했다.

하지만 도가의 무공은 때때로 강호의 상리를 벗어날 정도
로 천외천(天外天)의 공능을 드러내지 않던가.

'곤륜인가? 무당인가?'

어느 쪽이든 멸문하거나, 봉문한 도가문파였다.

평소였다면 코웃음을 치며 비웃었을 그저 그런 문파란 말
이다.

그러나 불안감은 싹트는 것과 동시에 끝 모를 정도로 성
장하고 있었다. 마인은 본능적으로 항마력에 대한 불안감을
지니고 있지 않은가. 기막을 걷어내고, 강기를 막아내는 모
습에 입술은 어느새 바짝 마른 상태였다.

'크흑!'

그 순간 생각지도 못한 일이 일어났다.

적운비가 한순간 사라졌다.

핏빛 강기를 상대하던 적운비가 사라진 것이다.

본능적으로 느껴졌다.

'어디로? 어떻게?'

다른 사람은 몰라도 당사자가 모를 리 없다.

단순하게 강기를 쳐내거나, 막은 것이 아니다.

놈은 마기 자체를 없애버린 것이다.

이제 놈이 자신을 노릴 것은 자명하지 않은가.

염혈괴노의 앙상한 팔뚝에 검붉은 핏줄이 거미줄처럼 꿈틀거리기 시작했다.

나타나기만 하면 일격에 박살 낼 생각이었다.

그 순간 염혈괴노가 머리 위를 노려봤다.

아니나 다를까 적운비가 허공에서 벼락처럼 내리꽂히고 있었다.

콰지지직!

염혈괴노가 밟고 있던 담장이 모래처럼 허물어지기 시작했다. 검붉게 물들었던 핏줄이 마치 외부로 흘러나온 것처럼 보였다. 그리고 그것은 장창처럼 뻗어 나갔다.

쩡! 쩡! 쩡! 쩡! 쩡!

핏빛으로 물든 강기, 그 수가 무려 다섯이다.

단전이 마를 정도로 뽑아낸 마기가 아닌가.

이 정도로라면 녀석은 흔적조차 남지 않을 것이다.

그 순간 시야를 멀게 만들 광채가 번쩍인다.

'어?'

마지막으로 염혈괴노가 본 것은 소름이 끼칠 정도로 무심한 적운비의 눈동자였다.

적운비는 어느새 염혈괴노의 앞에 나타나 십여 장을 내질렀다.

파파파파파파팟—

십여 번의 타격.

하지만 염혈괴노의 옷자락조차 흔들리지 않았다.

그러나 그의 내부는 이미 내가중수의 묘리가 담긴 면장으로 인해 모조리 터져 나간 후였다.

"끄윽."

염혈괴노의 칠공에서 검붉은 피가 쉼 없이 흘러나왔다. 그 광경은 전장의 살기를 찰나 간 잠재울 만큼 놀라웠다.

적운비는 엄청난 신위를 보인 것과 달리 너무도 평안한 표정으로 독비룡을 쳐다봤다.

그러고는 손가락을 까딱거리며 말했다.

"다음."

第六章

너희들은
역한 냄새가 나거든

'씨벌, 이게 갑자기 뭔 일이래?'

독비룡은 서늘한 표정과 달리 내심 떨떠름한 기분을 감
추지 못했다.

상대는 염혈괴노를 쓰러트린 장본인이 아닌가.

'일월마고는 어디 간 거야?'

혈마교의 장로답지 않게 추한 모습이다.

하나 현재 강호의 정세를 살펴보면 딱히 놀랄 일도 아니
었다. 사태천으로 인해 강호가 넷으로 쪼개졌고, 오랜 시간
불안한 평화가 이어지지 않았던가.

마인이라고 해서 예전처럼 피 칠갑을 하고 미친놈처럼

날뛰던 시기가 아니란 말이다.

염혈괴노 정도라면 정마가 대립하던 시기의 경험이 있었을 것이다. 하나 이제 지천명에 이른 독비룡으로서는 피로 점철된 강호행보다는 술과 여자로 보내온 삶이 더욱 익숙했다. 그가 팔을 잘린 것도 교내에서 대립하던 호적수와 비무를 하던 중에 벌어진 일이 아니던가.

칼은 갈지 않으면 녹이 스는 법.

무인 또한 마찬가지였다.

'어쩌지?'

독비룡은 기다란 혀를 쭉 빼서 아랫입술을 훑었다.

남들이 보기에는 살기를 드러내는 것처럼 보이겠지만, 실제로는 메마른 입술을 축인 것에 불과했다.

그는 검의 손잡이를 쥔 채 호흡을 가다듬었다.

보는 눈이 너무 많다 보니 이건 뭐 빼도 박도 못할 상황이 아닌가. 그럼에도 불구하고 검을 뽑기란 그리 쉬운 일이 아니었다.

'씨벌! 나도 모르겠다. 될 대로 되라지!'

독비룡이 기세를 잔뜩 일으키며 검을 뽑으려는 순간이었다.

적운비가 고개를 갸웃거리며 손을 휘저은 것이다.

걸리적거리는 걸 치우려는 것처럼 말이다.

'응?'

그리고 걸리적거리는 것이 자신이라는 것을 눈치채는 데에는 그리 오랜 시간이 걸리지 않았다.

적운비가 표정을 찡그리며 말했다.

"아저씨는 좀 비켜요."

독비룡은 눈을 끔뻑이다가 적운비의 시선을 좇았다.

'일월마고는 왜?'

적운비와 일월마고는 무생물을 바라보듯 무심한 눈빛으로 서로를 응시했다. 그리고 보니 애초에 손가락을 까딱거린 상대는 자신이 아니었던 것이다.

"안 비킬 거예요?"

독비룡은 적운비의 퉁명스러운 말에 자신도 모르게 옆으로 비켜섰다.

'아! 씨벌, 나도 모르게……'

다행히 마인들은 독비룡의 행동을 비난하지 않았다.

그러기에는 적운비와 일월마고가 풍기는 기세가 장내를 장악했기 때문이다.

독비룡은 울 듯 말 듯한 표정으로 멀뚱히 자리를 지킬 수밖에 없었다. 이제 와서 끼어들기도 뭐했고, 그렇다고 물러서기란 자존심이 용납하지 않았기 때문이다.

'쉬운 일이라더니!'

　　　　　*　　　*　　　*

　일월마고는 쌍둥이 자매로 혈마교에 투신한 것은 불과
십 년 전이다. 혈마교 이전의 행적은 알려진 것이 없었으
나, 교주의 전폭적인 지지로 장로가 될 수 있었다. 그러나
서열을 따지자면 독비룡보다 훨씬 아래가 분명했다.

　그러니 그녀들에게는 대국을 주도할 권한이 없다.

　하지만 마인들은 물론이고, 일월마고 스스로도 개의치
않았다.

　그녀들의 진정한 신분은 혈마교의 장로가 아니라 교주
직속의 암객이기 때문이다.

　[저놈이군. 염혈괴노가 손도 못 쓰고 죽을 정도면 암객이
당한 것도 이상하지 않지.]

　일마고의 전음에 월마고가 답했다.

　[사형께서 경고하셨잖아요. 언니도 방심하면 안 돼요. 속
전속결로 처리하는 것이 좋을 것 같아요.]

　[동감이야. 지금껏 혈마교에서 방치됐던 시간을 떠올려
봐라. 사형께 공을 인정받을 수 있는 기회야. 절대 방심하
지 않아.]

　일마고는 다른 암객들과 달리 천괴의 약속을 곧이곧대로

믿지 않았다.

불멸전생이 모두에게 가능할 리 없다.

공과 과를 따질 것이 분명했다.

그렇다면 이번 일은 분명 공을 세울 기회가 아니던가.

공을 세워 암객의 신분에서 벗어나 더 높은 곳에 올라야 했다. 그것만이 불멸전생에 한 걸음 더 가까워지는 길이리라.

[해남파는 어떻게 할까요?]

[무시해. 저놈 하나가 해남도 전체보다 중요해. 어떻게 암객을 일수에 격살할 수 있었는지 밝혀내야 해. 그러면 우리는 올라갈 수 있어!]

월마고는 고개를 끄덕였다.

어차피 목표만 포획한다면 뒷일은 독비룡이 알아서 처리할 것이다. 애초에 그러라고 데리고 온 장로와 흑풍대가 아니던가.

[그렇다면 처음부터…….]

[비공기를 전력으로 개방한다!]

일월마고의 눈동자가 새까맣게 물들기 시작했다.

적운비의 눈빛이 깊게 가라앉았다.

'역하다.'

일월마고가 비공기를 사용하는 순간 주변의 대기가 비명을 내지른다. 강제로 빨려 들어가면서도 발버둥을 친다. 결코 돌아오지 못할 것을 알기 때문이다.

마기가 자연지기를 변질시킨다면 비공기는 자연지기를 아예 흡수해 버린다.

적운비는 다른 사람과 달리 비공기의 폐해를 직접적으로 느꼈다. 허공에 검은 구멍이 숭숭 뚫려 있으니 느끼는 것만으로도 충분히 곤욕이었다.

쉬이이이잉—

한 줄기 바람이 불어와 적운비를 감쌌다.

비공기로 인한 역한 냄새를 막을 것처럼 말이다.

적운비가 비공기를 보듯 일월마고 역시 자연지기의 순환을 느꼈다.

[보통이 아니야.]

[자칫하면 일합에 결말이 나겠군요.]

월마고의 걱정에도 일마고의 입가에는 미소가 가득했다. 그도 그럴 것이 자신들 외에도 암객이 존재하지 않던가. 아주 작은 틈이라도 발견된다면 암객은 나타날 것이다.

[계획을 변경한다. 전력을 다하되 속전속결할 필요는 없어.]

[네, 언니.]

하나 두 사람의 결심은 무의미했다.

전장의 주도권은 이미 적운비에게 넘어간 후였다.

'저것들이?'

적운비는 적을 상대함에 있어서 강호의 예법을 고집할 만큼 고지식하지 않았다. 게다가 적수는 마교의 장로, 그것도 천괴의 내공을 익힌 자들이 아닌가.

일격필살이 안 된다면 선수필승이라도 챙겨야 했다.

쉬리리리릭—

적운비를 휘감고 있던 바람이 양손에 맺히더니 한순간에 전방을 향해 폭사됐다.

나선(螺線)으로 쇄도하는 경풍이었지만, 거력을 품고 있었다.

일월마고는 황급히 좌우로 갈라졌다.

콰쾅!

해남파의 영역을 상징하는 담장이 가루가 되어 흩어졌다. 그 넓이가 무려 이 장에 가까우니 적운비로서는 머쓱할 수밖에 없었다.

"하하하."

적운비가 해남 장문인을 향해 멋쩍은 웃음을 보이자, 혈인이 황급히 외쳤다.

"멍청아! 위!"

월마고가 달을 등진 채 내리꽂히고 있었다.

하나 일마고는 땅을 기다시피 하며 지척에 이른 상태였다. 그러나 적운비는 혈인의 경고대로 월마고를 경계했다.

'눈이 좋은걸?'

검법으로 따지자면 일마고는 허초다.

위력적이고, 가까웠지만, 이미 다음 초식을 준비하는 모양새다. 오히려 허공에서 대놓고 쇄도하는 월마고가 진초였다.

혈인은 일마고를 보지 못했을 수도 있다. 그렇기에 월마고의 공격을 알려줬을 수도 있다. 그러나 만약 두 사람의 경로를 확인한 후에도 월마고를 경계했다면 녀석의 안력과 판단력은 적운비의 예상을 상회하고 있는 것이다.

적운비는 지체 없이 대지를 박차고 솟구쳤다.

월마고의 눈동자가 잠시 흔들렸지만, 한순간에 공세로 전환하여 쌍장을 내질렀다.

수십 년간 합격을 준비한 친자매가 아니던가.

일마고 역시 자신들의 공격이 수포로 돌아갔음에도 불구하고, 곧바로 적운비를 따라 몸을 날렸다.

선후를 가릴 수 없을 정도의 시간차를 두고 위아래에서 묵빛 강기가 꽂혀 든다.

지잉—

그러나 적운비는 자연스럽게 대기를 받아들인다.

그렇기에 일월마고의 공세에서 찰나 간이나 다름없는 틈을 발견했다.

적운비는 허공에서 자신의 발등을 밟고 한 단계 더 솟구쳤다. 그 모습에는 일월마고조차 놀라지 않을 수가 없었다.

도가의 보신경(步身輕) 중 최고로 치는 것은 전설로 전해지는 곤륜파의 운룡대팔식이다. 그리고 그것에 비견할 만한 보법은 오직 화산파의 암향표와 무당파의 제운종이 전부였다.

횡(橫)의 암향표, 종(縱)의 제운종.

우열을 가릴 수가 없다고 한다.

하나 무당파가 쇠락하면서 제운종은 형만 남아버렸고, 오직 암향표만이 남아 도가제일신법으로 불리는 형국이었다.

'제운종? 무당?'

실전됐다고 알려진 제운종의 등장.

처음부터 방심하지 않는다고 했지만, 제운종으로 인해 찰나 간 집중력이 흐트러졌다.

적운비가 그 틈을 놓칠 리 없지 않은가.

한 손으로 원을 그려 공파산을 행했고, 이내 월마고의 강기와 충돌했다. 다른 손 역시 공파산의 묘리로 아래에서 솟구치는 일마고의 강기를 두들겼다.

해남파 문도들과 마인들은 잠시나마 혈전을 멈추고 세 사람이 어우러지는 모습을 넋이 나간 사람들처럼 쳐다봤다.

눈으로 좇기도 어려울 만큼 빠르다.

하지만 본능적으로 저들의 승패가 자신들의 운명을 결정하리라는 것을 깨닫고 있었다.

그리고 모두가 반탄력에 대비했다.

강기와 강기가 충돌했으니 엄청난 반탄력을 동반한 강풍이 휘몰아칠 것이다. 그 안에는 모래와 돌, 검과 화살은 물론이고, 시체까지 품고 있지 않겠는가.

둥—

모든 이의 귓가에 스며든 희미한 소리.

그것은 마치 솜을 두드렸을 때에나 들릴 법한 소리가 아닌가. 동시에 적운비의 양손이 원을 그리며 자연스럽게 교차했다.

위를 가리키던 손은 아래를.

아래를 가리키던 손은 위를.

그리고 일월마고의 강기 또한 자연스럽게 방향을 바꿔 면장의 흐름을 따랐다.

일마고는 한순간 경악을 금치 못했다.

'이화접목? 크흑, 저 정도의 것이 이화접목일 리가 없잖아!'

그러나 그녀가 반응할 사이도 없이 강기가 꽂혀 들었다.

콰콰콰쾅!

월마고의 강기는 일마고에게, 일마고의 강기는 월마고에게 적중했다.

각기 비공기를 전력으로 끌어올린 상태에서 내지른 강기가 아니던가. 월마고의 예상처럼 단 일합에 성패가 갈린 것이다.

일마고는 허리부터 땅바닥으로 내리꽂혔고, 월마고는 비틀거리며 겨우 두 다리를 땅에 붙였다.

"크흑!"

월마고는 애써 핏물을 삼킨다.

"쿨럭!"

일마고는 한 움큼의 핏물을 토해냈다. 검붉은 토사물이 섞인 것을 보니 내장까지 상한 것이 분명했다.

와아아아아아!

한순간 해남파 문도들을 중심으로 환호성이 터져 나왔다. 적의 수괴로 보이는 자를 하나도 아니고, 둘을 동시에 쓰러트리지 않았는가.

해남 장문인과 해귀왕은 과장되게 느껴질 정도로 함성을

내질렀다. 그렇게 사기를 끌어올리는 것과 동시에 마인들을 공격하려는 속셈이다.

"어!"

혈인이 눈을 휘둥그레 떴다.

허공에서 내려선 적운비가 피를 토하며 비틀거린 것이다.

마인들의 눈동자에 희망의 빛이 드리워졌다.

그래, 저놈도 사람이다.

강기를 상대하고 멀쩡할 리가 없지 않은가.

그 순간 해남도의 문도들 사이에서 한 사내가 튕겨 나갔다. 적운비를 부축하러 나가는 것치고는 속도가 너무 빠르다. 그리고 무엇보다 사내의 검은 검붉게 일렁이고 있었다.

마치 일월마고의 강기처럼 말이다.

틈을 노리고 있던 암객 중 암섬이 나선 게다.

그의 공세는 이름처럼 번쩍거리며 꽂혀 든다.

그러나 적운비는 여전히 양손으로 무릎을 받친 채 비틀거리고 있었다.

"위험해!"

혈인의 경고보다 암섬은 더욱 빨랐다.

암섬은 적운비의 지척에 이르는 순간 검을 높이 쳐들었다. 그러고는 뒷목을 향해 검을 쑤셔 박았다.

"죽어라!"

그러나 그 순간 적운비가 기다렸다는 듯이 몸을 돌렸다. 입가에는 예의 장난기 가득한 미소가 맺혀 있었다.

암섬은 무언가 잘못됐다는 생각이 들었지만, 이미 기호지세가 아닌가. 게다가 아직 비장의 한 수가 남아 있었다.

"같이 죽자!"

그 순간 적운비가 한 발로 중심을 잡은 채 몸을 돌렸다. 한줄기 바람이 몸을 타고 휘돌아 오른손에 맺히기까지는 그야말로 한순간이었다. 그리고 음유한 한 줄기 기운으로 변하여 암섬의 가슴팍을 두들겼다.

퍼퍽!

뼈가 으스러지고 내장은 곤죽으로 변했다.

암객 치고는 너무도 허무한 죽음이다.

그러나 암섬은 웃었다.

핏물과 진흙으로 뒤섞인 바닥에서 꿈틀거리던 그림자가 적운비의 등을 노리고 솟구쳤기 때문이다.

'암묘, 너를 믿는…….'

암섬은 죽는 순간까지 눈을 부릅떴다.

적운비가 자신을 공격한 기세 그대로 몸을 휘돌린 것이다. 그러고는 자연스럽게 양 손바닥으로 원을 만들었다. 기세 좋게 뛰어오른 암묘는 그야말로 공파산의 한가운데에 얼굴을 들이댄 꼴이었다.

"꺼져라!"

콰직!

적운비의 일갈과 타격음이 동시에 울렸다. 그리고 암묘는 비명조차 지르지 못한 채 튕겨 나가더니 구덩이에 처박혔다.

눈을 두어 번 깜빡거릴 사이에 벌어진 일이다.

마인들의 얼굴은 잿빛으로 변했다. 심지어 해남파의 문도들조차 넋이 나간 사람처럼 멍하니 적운비를 지켜볼 뿐이다.

해남문도가 눈을 끔뻑이며 중얼거렸다.

"머, 멀쩡한 것 같은데요?"

하나 아무도 대꾸하지 않았다.

오히려 적운비가 어깨를 으쓱거리며 해남문도를 가리켰다.

"제 연기 어땠습니까?"

"감쪽같았습니다."

해남문도는 사형들의 눈짓에 몸을 웅크렸다. 그러나 적운비를 바라보는 시선에는 동경이 가득했다.

적운비는 빙긋 웃으며 몸을 돌렸다.

암객이 숨어 있음은 진즉에 눈치를 챘다.

다만 뿔뿔이 흩어져 있으니 적극적으로 상대하지 못한 것이다. 그렇기에 오히려 암객을 유인하기 위해 부상당한 척 연기를 했다. 그리고 해남문도와의 대화를 통해 건재함을 과시했다.

'얼추 끝났군.'

해남문도들의 기세가 살아난 반면 마인들의 사기는 완전히 바닥을 쳤다. 염혈괴노가 죽은 것만 해도 충격이거늘 일월마고조차 큰 손해를 입지 않았는가.

지금껏 흑풍대와 비격대라는 이름으로 만들어낸 명성과 자부심이 산산조각 난 것이다.

적운비는 마인들의 표정에서 그것을 읽어냈다.

"어떻게!"

원독함이 가득한 한 서린 외침이 꽂혀 들었다.

일마고는 숫제 피눈물을 흘리는 사람처럼 얼굴에 피 칠갑을 한 채로 적운비를 노려봤다.

"어떻게 비공기를 알고 있는 거냐?"

"비공기? 그걸 비공기라고 그러나?"

"대답해라!"

적운비는 코를 벌름거렸다.

그러고는 이내 입꼬리를 비틀며 서늘한 눈빛을 쏟아냈다.

"너희들에게서는 역한 냄새가 나거든."

일월마고의 눈동자가 흔들렸다.

농담처럼 말하고 있지만, 농담일 리가 없다.

상대는 자신들의 기척을 훤히 꿰뚫고 있는 상태였다. 돌이켜 생각해 보면 해남파가 자신들을 기다리고 있던 상황부터 꼬인 것이 분명했다.

모두 저 어린놈의 탓이다.

[포획은 불가능하다. 죽여야 해.]

[그렇다면 그걸……?]

[그래, 죽을지도 모르지만, 하지 않을 수가 없어. 성공하려면 목숨을 걸어야 하지만, 성공만 하면 전황을 완전히 뒤바꿀 수 있어.]

적운비는 일월마고를 향해 걸음을 옮겼다.

승기를 잡았으니 최대한 빠르게 끝내야 했다.

하나 적운비가 암객을 상대하던 사이 일월마고는 잠시나마 숨을 돌린 상태였다.

월마고는 쉴 새 없이 강기를 내던졌다.

제아무리 비공기라고 해도 엄연히 한계가 존재한다. 그러나 월마고는 무슨 생각인지 실핏줄이 터져 나갈 정도로 강기를 쏟아냈다.

적운비는 양의심법을 운용하여 양손에 건양대천공과 곤

음여지공의 내력을 담았다.

건곤와규령이 완성되는 순간 적운비의 전면에는 백광으로 뒤덮였다. 적운비는 강기의 방패를 믿고 성큼성큼 나아갔다.

목표는 공세를 이어가는 월마고가 아니었다.

그녀의 뒤에서 기이한 행동을 하고 있는 일마고가 목표였다.

월마고가 지키고, 일마고가 공격한다.

저들의 방식을 단박에 파악한 것이다.

일마고의 눈 전체가 새까맣게 번들거린다. 그뿐 아니라 전신의 핏줄이 검붉게 꿈틀거리고 있지 않은가.

"끄어어어어!"

전신을 부르르 떨며 괴성을 내지른다.

그 순간 괴성을 타고 폭발하듯 마기가 터져 나왔다.

비공기를 토해낸 일마고의 피부는 아이처럼 뽀얗게 번들거리고 있었다. 그러나 일마고가 눈을 뜨는 순간 심약한 몇몇은 비명을 지르며 물러서야 했다.

흰자위만 가득한 눈으로 주변을 살핀다. 그에 따라 그녀 앞에 뭉쳐든 거대한 강기 또한 꿈틀거리며 마기를 쏟아냈다.

그러고는 목표를 찾았는지 입꼬리를 올렸다.

죽. 어. 라.

일마고는 입을 뻐끔거렸지만, 귀가 아니라 머리로 전해 지는 듯한 착각을 불러일으킨다. 그 순간 일마고의 앞에서 꿈틀거리던 마기가 사라졌다.

지이이이잉—

그러나 적운비만은 놓치지 않았다.

일마고의 전면에서 사라진 강기는 완전히 흩어졌지만, 이내 대기를 통해 뭉쳐들고 있었다.

경로가 드러났으나, 피할 수는 없는 노릇이다.

등 뒤에는 여전히 해남문도들로 가득하지 않은가.

그렇다고 건곤와규령으로 막았다가는 월마고의 강기에 노출될 것이 분명했다.

'튕겨낸다!'

건곤와규령이 안 된다면 다른 것을 해야 할 터였다.

이미 일월마고의 공격을 역으로 되돌린 경험이 있지 않은가.

인지하는 순간 양의심법이 발동했다.

건양대천공과 곤음여지공을 한데 묶어 대주천을 시작한 다. 그러나 양손의 장심으로 뭉쳐들 때에는 건곤와규령과 달랐다.

건곤와규령은 하나로 뭉친 것을 반으로 나눈다.

그러나 이번에는 건양대천공과 곤음여지공으로 다시 한 번 분리하여 운용했다. 우수에는 건양대천공이, 좌수에는 곤음여지공이 맺힌다.

적운비는 양손으로 원을 그렸고, 비공기가 지척에 이르는 순간 옆으로 비켜섰다. 그리고 비공기의 경로에 공파산의 원을 가져다 댔다.

그 순간 놀랍게도 비공기는 원을 타고 흐르는 것이 아닌가.

우수로 공을 잡는 것처럼 비공기를 감싸고 자연스럽게 뒤로 밀어냈다.

그리고 좌수가 뒤로 밀려난 비공기를 기다린다. 양손이 원을 그리고 회전하다 보니 자연스럽게 걸린 것이다. 그렇게 한 바퀴를 돈 비공기는 좌수와 함께 전방으로 흘러간다.

올 때보다 몇 배의 거력을 품고 돌아가는 것이다.

이것이 바로……

만변약수행(萬變若水行)
—모든 것은 길을 만들어 주면 물과 같이 흐를 뿐.

콰콰콰콰콰콰쾅!
광풍, 굉음과 함께 천지가 개벽하듯 요동을 쳤다.

잠시 후 먼지구름이 걷히고 드러난 광경에 마인들은 넋을 놓았다.

"흔적도 없이 사라졌잖아."

마인들의 시선은 일월마고가 아닌 적운비가 있던 곳으로 향했다. 그러나 적운비가 있던 자리에는 먼지구름이 걷히는 대신 백광이 터져 나왔다.

잠시 후 등장한 적운비는 여전히 미소를 지은 채 건재한 모습을 보였다.

"빌어먹을!"

"튀어!"

이쯤 되면 혈마교 외단의 타격대라는 명예도 짐이 될 뿐이다. 흑풍대와 비격대의 마인들은 하나둘씩 등을 보였다.

"한 놈도 놓치지 마라!"

해남 장문인의 일갈과 함께 문도들이 검을 들었다.

독비룡은 혀를 차며 몸을 날렸다.

사면이 바다인 해남도에서 도망치기란 불가능에 가까울 것이다. 그러나 미적거리면 원한 가득한 해남문도들에게 척살 당할 것이 분명했다.

한데 그의 앞을 막아선 사람이 있었다.

혈인이 검배에 손을 얹은 채 독비룡을 노려봤다.

"어디를 가시려고?"

독비룡은 눈매를 꿈틀거리며 검을 뽑으려 했다.

"내가 누군지 알고 감히!"

그 순간 혈인의 검이 한 호흡 먼저 뽑혔다.

검배에 닿아 있던 것은 오른손이지만, 뽑은 건 왼손이었다. 역수로 발검했으니 검로는 독비룡의 사각에서 솟구쳤다.

"흡! 이런 사특한 검을!"

하나 명색이 혈마교의 장로다.

독비룡은 검을 뽑는 그대로 혈인의 검을 올려치려 했다. 한데 그 순간 혈인의 검로가 다시 한 번 흔들리더니 우측으로 뻗기 시작했다.

"마인 주제에 가릴 걸 가려라!"

독비룡은 혈인의 변화막측한 검법에 창졸간 대응하기가 어려웠다.

'이깟 잡검은 눈에만 익으면!'

그 순간 독비룡의 등 뒤로 적운비가 모습을 드러냈다. 적운비는 독비룡의 뒷 머리카락을 움켜쥔 채로 무릎으로 등을 찍었다.

"크흑!"

명문혈로 정순한 진기가 물밀듯이 밀려들었다.

적운비는 땅에 처박히는 독비룡의 어깨를 다시 한 번 팔꿈치로 찍었다.

콰직!

마혈을 잡힌 상태에서 비파골이 으스러진 것이다.

독비룡은 눈을 부릅뜬 채로 신음을 내뱉었다.

"뭐야? 이놈은 내 상대였다고!"

혈인의 짜증 섞인 한 마디에 적운비는 표정을 굳혔다. 그러자 혈인은 꿀 먹은 벙어리처럼 눈을 내리깔고 입을 닫았다.

"뭐 잡았으니 됐지만……."

하나 적운비는 여전히 불만 가득한 표정으로 어딘가를 노려볼 뿐이었다.

'쳇, 두 마리는 도망쳤나.'

제일 강한 놈은 끝까지 모습을 드러내지 않았다.

第七章

풍운괴협(風雲怪俠)

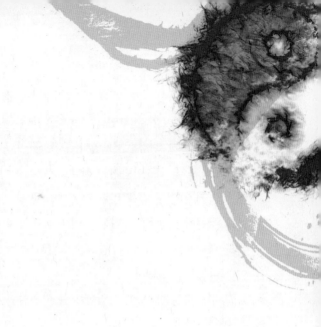

적운비가 혈마교의 장로들을 쓰러트리는 순간이 싸움의 종극이었다. 흑풍대와 비격대의 마인들은 도주했고, 그 순간부터 싸움이 아닌 사냥이 시작됐다.

한데 해남문도의 추격은 그리 거세지 않았다.

그 이유는 여모봉을 내려오는 순간 밝혀졌다.

여모봉의 입구에는 수많은 무인들이 진을 치고 마인들을 기다리고 있었다.

마인들은 창졸간 대응하지 못하고 거대한 포위망에 진저리를 쳤다.

그도 그럴 것이 해남도의 무인은 고작해야 삼백여 명 남짓이 아니었던가. 그중 백여 명은 해구상방에서 목숨을 잃었으니 해남문도가 전부였을 것이다. 한데 눈앞의 인파는 물경 천여 명에 육박할 정도였다.

포위망을 뚫기도 어렵거늘 해남도는 사면이 바다다.

결국 가장 먼저 검을 버린 것은 사도련에서 파견된 무명계의 무인들이었다. 그 뒤를 이어 흑풍대와 비격대의 마인들도 하나둘씩 투항했다. 혈객만이 끝까지 버텼지만, 합공에 하나둘씩 척살됐다.

그러나 혈객해남도에 잠입한 모든 마인들이 사로잡힌 것은 아니었다.

"크흑!"

암류는 이를 갈며 분통을 터트렸다.

해구상방을 공격했을 때만 해도 이번 작전은 순조롭게 끝나는가 싶었다. 일월마고까지 포함하면 암객만 해도 다섯 명이 투입된 작전이 아닌가.

한데 마인들이 함정에 걸리고, 염혈괴노와 일월마고가 사망하기까지 모든 일은 눈 깜짝할 사이에 벌어졌다. 게다가 암섬과 암묘의 암습까지 실패했으니 제정신을 유지하는 것도 그리 쉬운 일은 아니었다.

암류는 연방 숨을 몰아쉬며 짜증을 부렸다.

"젠장! 도대체 그게 뭐지? 이화접목도 아니고, 사량발천

근도 아니야. 그건…… 그건…….”

사술이라는 말이 목구멍까지 치밀어 올랐지만, 내뱉지 못했다. 비공기 또한 처음에는 사술이나, 환각으로 착각하지 않았던가.

자신이 닿지 못한 세상의 무공인 게다.

“비공기를 최강이라 여겼는데…… 비공기도 완벽한 것은 아니란 말인가?”

생각만으로도 짜증이 치밀어 올랐다.

모든 것을 버리고 매달린 비공기가 아니던가.

“빌어먹을!”

결국 그의 분노는 이러한 상황에서도 싱글벙글 웃고 있는 명조에게로 쏟아졌다.

“지금 웃음이 나오냐?”

그러나 명조는 뭐가 잘못됐냐는 듯 순진하게 미소를 보일 뿐이다.

“작전은 실패했고, 동료가 죽었어! 재밌냐? 이 미친 쓰레기 놈아!”

암류는 마음속의 울화를 명조에게 쏟아냈다.

“젠장! 배는 왜 안 오는 거야? 너 여기 맞아? 시간이 지났잖아!”

명조는 미소 가득한 얼굴로 고개를 내저었다.

"배는 오지 않아요."

"뭐?"

해남도의 일을 처리한 후 암객이 마인들과 함께 움직일 수는 없는 일이다. 그렇기에 암객이 탈 배를 따로 준비해야 했다. 그리고 배를 구하고, 시간을 정하는 것 모두 명조의 역할이었다.

"배는 반대편 곳으로 올 거예요."

암류는 의아한 시선으로 명조를 노려봤다.

"그럼 여기는 왜?"

명조는 대답 대신 행동으로 의지를 표현했다.

스릉—

"뭐, 뭐야?"

"불안은 의심을 낳고, 의심은 파탄의 씨앗이 된다고 하지요."

암류는 혼란스러운 눈빛과 달리 이미 양손에 비공기를 흘려 넣은 상태였다.

"그래서 지금 나를 어찌해보겠다는 거냐?"

"비공기를 의심하는 암객이라면 필요 없다는 것이 윗선의 뜻이에요."

암류는 믿을 수 없다는 듯 고개를 내저으며 중얼거렸다.

"말도 안 돼. 내가 바친 충성의 세월이 몇 년인데……."

지잉—

명조의 검에 검붉은 비공기가 맺혀 들었다.

"충성에 세월은 중요치 않아요. 오직 지금 이 순간 충성하고 있느냐가 중요하지요."

"어디서 굴러먹던 뼈다귀 같은 놈이 나불나불 잘도 중얼거리는구나!"

암류는 씹어뱉듯이 한 서린 외침을 내뱉음과 동시에 몸을 날렸다.

비공기가 화살 비처럼 전방을 향해 꽂혀 들었다.

이미 암객으로 지내온 시간만 해도 십수 년이 아니던가.

그렇기에 암류는 능숙하게 비공기를 연이어 발출했다.

콰콰쾅!

나무가 으스러지고, 바위가 쪼개지는 가운데 허공으로 솟구친 신형이 있었다.

'훗, 꼴에 명객이라고 잔재주는 있구나!'

암류는 입꼬리를 올렸다.

어차피 자신이 유도한 방향으로 도주했을 뿐이다.

그는 단전을 쥐어짜 내는 심정으로 비공기를 발출했다.

쩡!

사람의 머리통만 한 구체가 포탄처럼 솟구쳤다.

명조는 신형을 유지하지 못하고 휘청거리는 상태가 아닌

가. 당연히 일격필살을 예감했다.

하나 명조는 핑그르르 도는 와중에 강기를 향해 검을 내질렀다.

그 순간 어처구니없는 상황이 벌어졌다.

비공기로 만든 강기구가 명조의 검에 빨려 들어가는 것이 아닌가.

암류로서는 기가 막힐 노릇이다.

"저런!"

그로서는 그럴 만도 하다. 애초에 그들은 정상적인 방법을 통해 바공기를 수련한 것이 아니지 않던가.

그저 천괴의 내공을 한 줌씩 받아들인 것에 불과했다. 그렇기에 수련의 우위가 아닌 받아들인 정도로 강약이 정해진다.

강자는 약자의 모든 것을 소유한다.

냇물을 아무리 쏟아부어도 강물이 변하지 않는 것과 마찬가지였다.

'내가 냇물이고 저놈이 강물이라고?'

듣도 보도 못했던 명객이 암객보다 윗줄인 것이다.

암류는 더 이상의 저항을 포기했다.

명조의 비공기가 더 많은 이상 자신이 이긴다는 것은 불가능에 가까웠다.

죽을 때가 가까워져서인지 의구심은 더욱 깊어졌다.

'도대체 명객이 뭐기에…… 그릇 따위가 뭐라고!'

명조의 연검은 암류의 비공기를 흡수하지 않았는가.

그 덕에 암류는 명조의 검이 꽂혀 들기도 전에 칠공에서 피를 뿜어내며 절명했다.

콰직!

절반으로 쪼개진 몸뚱이.

하나 칼질은 여전히 계속됐다.

푹! 푹! 푹! 푹!

한참이 지난 후 명조가 떠난 자리에는 형체를 알아볼 수 없는 고깃덩이만 덩그러니 남아 있을 따름이었다.

* * *

해남파의 문도들은 대승을 거뒀음에도 웃는 이가 없었다. 해구상방의 무인들이 몰살당했고, 해남의 문도들도 적지 않은 사상자가 발생하지 않았던가.

어차피 해남도에서 칼을 차고 있으면 한 다리 건너서 아는 사람이 태반이다. 그렇기에 문도들은 그늘진 얼굴로 혈전의 뒤처리를 하며 시간을 보냈다.

하나 권한을 지니고, 책임을 져야 하는 사람들까지 넋을 놓고 있을 수는 없는 노릇이었다.

적운비와 노대 그리고 해남파의 수뇌부는 며칠 만에 자리를 마련했다.

"시간이 많지 않아."

해남 장문인의 말에 적운비가 고개를 끄덕였다.

이미 밀실 밖 대전에는 해남도에서 난다 긴다 하는 무인들이 죄다 모여 있었다. 혈마교와 일전을 벌였으니 향후 해남도의 행보를 결정하기 위해서였다.

그런 그들을 오래 기다리게 할 수는 없는 노릇이다.

"아직까지는 혈마교와 화평하실 수 있는 길이 존재합니다."

적운비의 말을 해남 장문인은 단칼에 거절했다.

"개소리! 해구상방의 무인은 물론이고, 억울하게 죽어간 상인과 그 가족들을 생각한다면 혈마교는 이제 불구대천의 원수다! 지금껏 해남도는 혈마교의 근원지라는 오명을 지닌 채 칼을 갈아 왔다. 지금이야말로 해남도 전체가 일어나 혈마교와 싸워야 할 시점이야!"

장문인의 눈빛에서 조금의 망설임도 찾을 수 없다.

그것은 해귀왕을 비롯한 해남파의 장로들도 마찬가지였다.

"혈마교가 본격적으로 밀고 내려오면 아무리 바다로 둘

러싸인 해남도라고 해도 오래 버티지는 못할 겁니다.”

수뇌부의 낯빛이 어두워졌다.

그들이 수십 년간 독립을 준비했지만, 혈마교와의 전면전은 패망으로 가는 지름길이었다.

그렇기에 힘을 비축할 뿐 터트리지 못했던 것이다.

“일부러 해남파와 상방을 제외하면 활동을 자제했지. 혈마교가 우리를 얕보도록 말이야. 그러니 허무하게 무너지지는 않을 것이야.”

장문인은 짐짓 호기롭게 외쳤다. 하나 장로들의 표정은 여전히 어두웠다. 자신뿐 아니라 문도들의 목숨까지 걸린 사안이 아니던가. 나아가 해남도 전체의 안녕과도 직결되는 중차대한 일이었다.

적운비가 목소리를 낮췄다.

“제가 처음 뵈었을 때 드렸던 제안에 대해서 어떻게 생각하십니까?”

혈마교의 비고에서 훔친 전표와 계약서를 말하는 것이다.

해남 장문인은 흔쾌히 고개를 끄덕였다.

“이제는 받아들일 수밖에 없겠지. 어차피 전표야 중원 각지로 돌리면 될 것이고, 계약서는 떨이로 처리하면 문제가 없을 것이야. 하나 돈이 있다고 해도 쓸 곳이 없으니 그것도 걱정이로군."

적운비는 빙긋 웃으며 말했다.

"그냥 뿌리시는 것은 어떨는지요?"

장문인을 비롯한 장로들이 눈을 휘둥그레 떴다.

"뿌리다니?"

적운비는 장문인의 배후에 걸려 있는 중원 전도로 향했다. 그리고 손가락으로 강남 전체에 원을 그리며 말을 이었다.

"강남 전체에 뿌리는 겁니다. 염왕채의 계약서는 모두 불태웠다고 소문을 냅니다. 그리고 전표를 잘게 나눠서 빈민가에 한날한시에 모두 배포합니다."

해귀왕은 영문 모를 소리에 고개를 갸웃거렸다.

오히려 해남 장문인이 무릎을 치며 탄성을 내질렀다.

"대혼란이 일어나겠군!"

"예, 혈마교 자체는 교리와 충성으로 세뇌가 됐지만, 지방의 중소방파들은 강자존의 논리로 묶여 있을 뿐입니다. 게다가 혈마교는 중소방파를 종속시키기 위해 염왕채를 적극 권장했고요."

"그렇군! 중소방파들이 대놓고 분열하지는 않겠지만, 혈마교는 신경을 쓰지 않을 수가 없겠지."

"거기에 민초들이 전표를 줍고 그냥 가지고 있을 리가

없습니다. 그들은 내일보다 오늘의 삶을 중시하니까요."

해귀왕이 뒤늦게 너털웃음을 보이며 끼어들었다.

"중소전장들이 줄줄이 도산하겠군. 그걸 막으려면 상단에서 받은 어음을 화폐로 전환해야 할 텐데…… 그렇게 되면 해도대상련이 큰 손해를 입겠어."

"네, 전장이든 해도대상련이든 둘 중 하나는 휘청거리게 되어 있습니다."

장로들이 수군거리며 입을 모았다.

"흐음, 해남도로서는 시간을 벌 수 있게 되는군."

장문인은 중지(衆志)가 모였지만, 쉬이 결정을 내리지 못했다.

"혈마교의 신경을 분산시켰지만, 그걸로 모든 것이 해결되지는 않을 걸세."

"그 또한 대비책이 있습니다."

적운비는 장문인의 말이 끝나기 무섭게 기다렸다는 듯이 대꾸했다. 오죽했으면 장문인이 눈을 끔뻑이며 되물었을 정도였다.

"벌써?"

"불가침영역을 선포하는 겁니다."

장로들이 입을 모아 읊조렸다.

"불가침영역이라면 서로 침범하지 말자는 뜻이 아닌

가?"

좋아할 것이라 여겼던 장문인은 침음을 흘렸다.

"물론 해남도의 안녕을 위해서는 그 방법이 좋을 것 같네. 하나 해남파는 본래 백도무림에 속했어. 다만 중원과의 거리로 교류가 없어지면서 불가피하게 오해를 사게 되었을 뿐이네. 혈마교의 등장도 영향이 컸고. 우리는 이번 기회에 해남파가 다시 강호에 편입되기를 희망하네."

해귀왕과 장로들 역시 고개를 끄덕였다.

당장의 평화보다는 정체성을 찾고 싶은 것이리라.

"지금 당장은 사태천으로 인해 해남도가 손을 잡을 곳은 없다고 봐도 무방합니다."

"패천성이야 거리가 있다지만, 천룡맹은 가능성이 있지 않겠는가?"

장로의 물음에 적운비는 한숨을 내쉬었다.

"사도련과 혈마교의 유착관계가 포착됐습니다. 또한, 천룡맹의 태상은 사도련과 혈마교에 우호적이고요. 당금 강호는 겉으로 보기에만 넷으로 갈라졌지, 실상은 이익을 위해 하나로 움직이는 기형적인 구조입니다."

해남 장문인이 다시 물었다.

"자네의 말을 듣다 보니 반전의 기회가 있는 것처럼 들리는군?"

적운비는 자신감 가득한 표정으로 고개를 끄덕였다.

"당연합니다. 천룡맹은 머지않아 변화합니다. 무당을 시작으로 공고해진 강호에 변혁의 물결이 일어날 것입니다."

장문인과 장로들은 잠시 의논의 시간을 가졌다.

이미 혈인을 통해 적운비에 관한 신상이 대략적이나마 알려진 상황이 아니던가. 무당과 남궁세가라면 변화의 물꼬를 트는 명분으로 부족함이 없다 여겨졌다.

"기다리는 것은 어렵지 않네. 지금까지 했던 것처럼 힘을 비축하면 되니까. 하지만 혈마교가 과연 불가침영역에 찬동할는지가 의문일세."

적운비는 이미 생각해둔 바가 있으나, 드러내지 않았다. 위지평정의 운해상단은 무당파가 완전히 비상할 때까지 수면 아래에서 움직여야 했다.

"시선을 돌리는 일은 제가 맡겠습니다."

"자네가? 어떻게?"

적운비는 빙긋 웃으며 말을 이었다.

"미꾸라지 한 마리가 연못을 얼마나, 그리고 어떻게 흐릴 수 있는지 궁금하지 않으십니까?"

해남 장문인은 표정을 굳히더니 조심스럽게 말을 꺼냈다.

"혈마교의 영역에 다시 들어갈 생각인가?"

적운비는 고개를 끄덕였다.

"시선을 끌려면 화끈하게 끌어볼까 하고요."

장문인을 비롯한 수뇌부들은 말을 잇지 못한 채 혀를 내둘렀다.

혈인은 입구를 지키다가 한숨을 내쉬었다.

'역시 저 자식은 제정신이 아니야.'

* * *

적운비와 해남파의 회의가 마무리됐다.

지금쯤 장문인은 해남도의 유력인사들에게 향후의 계획에 관하여 설파하고 있을 것이다.

장문인은 소수부족을 해남도의 주류로 편입하는 과감성과 포용력으로 좌검을 완성했다. 그리고 복수를 위해 인내하던 세월에도 문도들을 휘어잡은 지도력 또한 놀라웠다.

'거기에 한 번 결정되면 일사천리로 진행하는 과감성까지…….'

장문인 역시 당대의 영걸이라 불리기에 충분했다.

그러니 뒷일은 맡겨두고 기분 좋게 장문인의 처소를 떠날 수 있었다.

'생각보다 피해가 많았구나.'

해남파의 정문 쪽은 여전히 쑥대밭이었다.

시신을 치우고, 핏물을 닦았을 뿐이니 연무장으로 되돌아가려면 상당한 시간이 필요하리라.

적운비는 찝찝한 마음에 몸을 돌렸다.

한데 지나가던 문도 한 명이 적운비를 보더니 화색을 띠며 다가왔다.

"대협!"

'대협?'

해남파 문도는 적운비를 보고 직각으로 허리를 숙이며 포권을 했다.

"대협 덕분에 본파가 큰 피해 없이 위기를 잘 넘길 수 있었습니다. 감사합니다. 해남파 내에서 궁금한 것이 생기시면 제게 물어봐 주십시오. 제가 잘 가르쳐 드리겠습니다."

"아…… 네. 그럴게요."

적운비는 포권을 한 후 해남문도와 헤어졌다.

'대협이라니.'

괜스레 얼굴이 화끈거린다.

한데 해남문도와의 만남은 시작이었나 보다.

적운비의 얼굴을 아는 이들이 다가와 인사를 했고, 그것을 본 다른 사람들이 또 몰려들었다.

넉살 좋은 적운비조차 당황스러워할 정도였다.

"대협!"

"적 대협!"

남녀노소를 가리지 않고 적운비만 보면 인파가 구름처럼 몰려들었다. 그중에는 부상을 입은 무인들도 부지기수였다. 하나 그들의 얼굴에는 고마움과 기쁨만 가득할 뿐 후회의 빛은 보이지 않았다.

"아."

판자에 광목을 칭칭 감아 만든 부목 사이로 피가 흐른다. 검에 베인 상처에 금창약과 고약을 덕지덕지 붙여 놓았으니 움직일 때마다 상처가 벌어진다.

그럼에도 불구하고 저들은 웃었다.

그리고 대협이라 연호한다.

적운비는 저들의 목소리가 환희로 가득할수록 표정을 굳혔다.

"저는 대협이라 불릴 자격이 없습니다. 제가 아니었다면 혈마교의 습격은 없었을 겁니다. 그러니 부담스러운 칭호는 거둬주십시오."

무인들은 한순간 눈을 끔뻑거리며 서로를 쳐다봤다.

"적 대협."

호감 가득하던 말투에 찬 서리가 내려앉았다.

앞으로 나선 무인은 얼굴의 절반을 붕대로 칭칭 휘감은

상태였다. 그뿐 아니라 오른팔과 옆구리에도 붕대를 감고 있었다.

병상에 누워 있어야 될 만큼 중상이다.

한데 무인은 한쪽 눈으로 적운비를 응시하면서 강렬한 기파를 흘렸다.

"적 대협의 말은 우리 해남을 모욕하는 것이외다."

"네?"

"장문인 휘하 해남의 모든 무인은 혈마교에 대적하기로 뜻을 모은지 오래요. 그러니 적 대협이 있든, 없든 싸움은 벌어졌을 게요. 다행히 적 대협으로 인해 대승을 거둘 수 있었으니 그것이야말로 천우신조가 아니면 뭐란 말이오? 안 그렇소?"

장년인의 눈빛은 흔들림 없이 쏟아진다. 이내 그 눈빛은 이곳에 모인 모두의 것으로 변하여 의지를 드러냈다.

다른 무인이 뒤를 이었다.

"내 친구가 죽었소. 나뿐 아니라 모두의 친구였소. 그렇게 잃어버린 인연이 무려 수십이외다. 하나 그 누구도 적 대협을 원망하고, 탓하지 않소이다. 우리는 해남의 무인이고, 해남을 지키기 위해 나섰던 거요. 그러니 적 대협이 더 이상 겸양의 모습을 보인다면 우리 해남을 무시하는 것으로밖에 여길 수가 없소이다."

어디선가 '말 잘한다.' 라는 추임새가 섞여들었다.

방금 전까지만 해도 대협이라 추켜세우던 사람들이다. 한데 자신들의 의견을 표력함에 있어서 조금도 망설이지 않는다.

너무도 직설적인 모습에 절로 헛웃음이 흘러나왔다.

그 순간 어디선가 호쾌한 외침이 터져 나왔다.

"잘했으면 잘했다고 하고, 못했으면 못했다고 하는 것이 해남의 법도요. 적 대협은 잘했으니 잘했다고 하는 것을 부끄러워하지 마시오."

"하하하! 적 대협은 부끄럼쟁이였구만."

여기저기서 한 마디씩 하다 보니 금세 주변이 소란스러워졌다.

하나 적운비의 입가에는 어느새 미소가 가득했다.

'중원과 다르구나.'

지금껏 위선과 탐욕으로 점철된 강호인들만 만나지 않았던가. 그렇기에 해남 무인들의 호방함은 낯설 정도였다. 그러나 돌이켜 생각해 보면 이들이 맞는 것이다. 그야말로 해남 무인들은 호협(豪俠) 그 자체였다.

결국 적운비는 파안대소를 하며 포권을 했다.

"하하하하!"

해남도가 조금 더 좋아졌다.

　　　　　＊　　　　＊　　　　＊

　며칠 후 해남 장문인에게서 긍정적인 답변이 돌아왔다.
하나 그는 여전히 적운비가 홀로 혈마교의 영역에 들어간
다는 것에 깊은 우려를 감추지 못했다.

　그러나 적운비의 결심은 흔들리지 않았다.

　해남도를 위해서, 그리고 장기적으로 보았을 때 사태천
의 공고함을 깨트리기 위해서도 말이다.

　그 후 좌귀와 우귀가 해남도를 떠났다.

　십여 척의 배가 사방으로 흩어졌다.

　하나 저들은 어딘가에서 합류할 것이고, 배에 실린 자금
은 고스란히 운해상단으로 넘어갈 것이다.

　'운해상단주께서 잘해 주실 거라고 믿습니다.'

　적운비는 빙긋 웃으며 걸음을 옮겼다.

　이제 자신이 내륙으로 건너갈 시기만 잡으면 되는 것이
다.

　"어이! 대협! 적 대협! 대협!"

　적운비는 등 뒤에서 들려오는 방정맞은 외침에 미간을
찡그렸다. 혈인이 낄낄거리며 다가오더니 장난스럽게 말을
걸었다.

"대협께서 어찌 무거운 몸을 이끄시고 직접 나오셨습니까?"

"하지 마."

"왜? 네 나이에 대협이라니! 부러워서 그런다. 그나저나 적 대협은 식사하셨나?"

"이제 먹으러 간다. 그리고 하지 마라."

혈인은 적운비의 냉대에도 장난을 그치지 않았다.

"내가 하지 말라고 할 때에는 들은 척도 안하더니! 그리고 독비룡, 그거 내 상대였단 말이야. 독비룡을 이기고 화려하게 복귀하려던 내 계획을 네가 망쳤잖아."

"독비룡말고도 상대는 많아."

"너야 많겠지. 나 같은 놈이 독비룡만 한 상대를 만나기가 어디 쉬운 줄 아냐? 솔직히 네가 한바탕 휘저은 탓에 독비룡은 잔뜩 쫄아 있었다고. 제대로 이름 좀 날릴 수 있는 기회였는데!"

혈인은 쉴 새 없이 깐죽거렸다.

"아! 어딘가의 누구 대협께서 공이란 공은 모조리 독차지하셔서 나 같은 놈에게는 기회조차 없었지."

결국 적운비가 걸음을 멈추고 폭발하려는 순간 혈인의 뒤통수를 후려치는 손길이 있었다.

퍽!

"어떤 새끼야? 아, 숙조부님."

혈인이 돌아본 곳에는 상의를 탈의한 채 바지만 입은 해귀왕이 눈을 부라리고 있었다.

"이놈! 사내로 태어나서 한바탕 거하게 살라고 했지. 공이나 탐내는 쥐새끼처럼 빌빌거리면서 살라고 했더냐?"

"그게 아니고요."

"아니긴 뭐가 아니야?"

결국 혈인은 아무 말도 못 한 채 고개를 숙여야 했다. 적운비는 때마침 등장한 해귀왕을 보며 웃음을 금치 못했다.

"어르신."

하나 해귀왕의 뒤이은 행동에는 적운비도 난감한 표정을 지었다.

"적 대협!"

적운비를 대협이라 칭하는 것은 일반 무인들뿐만이 아니었다. 해귀왕은 물론이고, 해남 장문인까지 대협이라 부르기를 주저하지 않았다.

"부끄럽습니다."

"클클, 이제 적응이 되지 않았겠는가?"

"그나저나 어디를 그리 바삐 가시는지요. 차림새도 그러시고……."

해귀왕의 얼굴에서 웃음기가 사라졌다.

"흥! 버릇을 고쳐줘야 할 작자가 있거든!"

그는 의아해하는 적운비를 지나치며 다시 한 번 혈인을 향해 으름장을 놓았다.

"버릇없이 굴지 마! 멋진 사내가 되지 않으면 네 어미를 대신해 혼내줄 테다!"

혈인은 해귀왕이 사라진 후에야 입술을 삐죽거렸다.

"쳇! 그놈의 바다 사나이 타령! 지겹다. 지겨워."

적운비는 어깨를 으쓱거렸다.

"솔직하고, 호탕하니 더 바랄 게 없다. 멋지지 않냐? 너도 솔직히 부럽지?"

"나도 내륙으로 가지 않았으면 알아서 됐을 거다. 부러울 게 뭐 있어?"

혈인은 버름했는지 시큰둥한 어조로 말했다.

"그나저나 너한테 사람들이 대협이라는 거 보면 어이가 없다. 네 실체를 사람들이 알아야 하는데……."

"후훗."

"그래도 네가 나쁜 놈은 아니니 협객 소리는 들을 만한데…… 네가 생각해도 대협은 아니잖아?"

이번에는 혈인이 반문했다.

한데 이번만은 적운비도 순순히 고개를 끄덕였다.

"그건 그래."

"네가 웬일이냐?"

적운비는 어깨를 으쓱거리며 멋쩍게 웃었다.

"아닌 건 아니니까."

혈인은 적운비를 어깨를 감싸고 키득거렸다.

"그래, 알기는 아는구나. 차라리 괴협이라면 웃기기는 하겠지만, 인정은 할 텐데 말이야."

별생각 없이 내뱉은 말이다.

하나 적운비는 입꼬리를 올리며 대꾸했다.

"괴협? 좋네."

혈인은 오만상을 지었다.

"괴협이 좋다고? 하아, 괴협이 좋다니 도대체 어떻게 생겨 먹은 정신머리냐."

적운비는 박장대소를 했다.

"있어 보이잖아."

혈인은 멀어지는 적운비를 보며 중얼거렸다.

'그래. 정떨어질 정도로 똑똑하고, 뭔 생각을 하는지 알 수가 없는데 나쁜 놈은 아니니까…….'

그래도 전혀 부럽지 않은 혈인이었다.

며칠 뒤 입이 가벼운 누군가로 인해 괴협(怪俠)이라는 별호가 여모봉 전체에 퍼졌다.

第八章

태풍전야(颱風前夜)

적운비가 혈마교의 비고를 털고, 해남도에서 도약을 준비하는 동안 다른 사람들 역시 바쁜 시간을 보내고 있었다.

그중 가장 바쁜 곳은 다름 아닌 남궁세가였다.

남궁신은 외출 준비에 한창이었고, 제갈소소는 그 모습을 걱정스럽게 지켜봤다.

"정말 가시게요?"

"외단주가 정기 시찰을 나간 지금이 기회야."

"세가에 외단주가 없는 것과 가주가 없는 것은 무게감이 달라요."

남궁신은 제갈소소의 머리를 쓰다듬으며 나직이 말했다.

"장로원주를 믿어야지. 이것저것 다 가리다가는 정말로 태상의 휘하에 들어갈 방법밖에 남지 않을 거야. 그 전에 나는 내가 할 수 있는 일을 하려고 해."

"그건 그렇지만……."

"소소야."

남궁신은 제갈소소와 눈높이를 맞췄다.

"나는 가주야. 때로는 직접 움직여야 할 때가 있고, 그때가 영향력을 가장 극대화할 수 있는 법이야. 네가 알려준 거잖아. 그렇지?"

"……."

"걱정 마. 동해팔군자의 후예들하고는 서신으로 어느 정도 의견을 조율한 상태잖아. 절강과 안휘를 하나로 묶는 데에는 큰 어려움이 없을 거야."

제갈소소의 표정은 나아지지 않았다.

태상은 오래 기다리지 않을 것이다.

보타혈사가 마무리되고, 천룡맹이 제 위치를 찾으면 원하는 것을 얻기 위해 물불을 가리지 않을 것이다.

그렇기에 불안한 마음을 감추지 못했다.

'적운비 같은 자에게 시간을 허비하는 것이 아니었어. 차라리 다른 방책을 준비했더라면 지금처럼 무력하지는 않았을 텐데…….'

제갈소소는 한순간 눈을 휘둥그레 떴다.

남궁신이 빙긋 웃으며 검지로 제갈소소의 미간을 짚은 것이다. 적운비를 떠올리는지 미간에 주름이 갔나 보다.

"버릇이야. 버릇. 안 좋은 일만 생각하면 늘 이렇게 되는 걸?"

"……."

제갈소소가 입술을 삐죽였다.

남궁신은 그런 제갈소소의 볼을 양손으로 감싸며 따뜻한 어조로 말했다.

"난 솔직히 소소가 더 걱정돼."

"제가 왜요?"

"제갈세가에 정말 갈 거야?"

제갈소소는 고개를 숙였다.

"언니가 몸져누웠데요. 이중이 직접 전한 소식이니까 걱정하지 않으셔도 돼요."

"그래도 제갈세가에 혼자 보내는 건 여전히 마뜩잖아."

남궁신의 얼굴에 그늘이 드리워졌다. 제갈소소는 애써 밝은 미소를 지었다.

"걱정 마요. 연리에 대한 정보도 언니가 건네준 거잖아요. 언니만 살짝 보고 돌아올 거예요. 아마 가가가 돌아올 때면 제가 기다리고 있을걸요?"

"그럼 이것만 약속해. 어디를 가든 청검대를 데리고 가야 해? 알았지!"

제갈소소는 빙긋 웃으며 고개를 끄덕였다.

잠시 후 처소 밖에서 세가원의 목소리가 들려왔다.

"손님이 오셨습니다."

남궁신과 제갈소소는 문을 열고 나간 후 눈을 휘둥그레 떴다.

패천성으로 떠났던 매화검군 문백경이 돌아온 것이다. 한데 그는 홀로 돌아온 것이 아니었다. 그의 뒤에는 검을 패용한 청년 네 명이 함께 했다.

제갈소소의 눈동자에 광채가 돌았다.

'매계사협?'

매계사협(梅系四俠)은 매화검군의 제자로 강북 일대에서 협명이 자자했다. 또한, 매계사협의 대형인 희륜은 차기 무당 장문인으로 거론될 정도의 후기지수였다.

모두 완숙한 절정의 무인이다.

게다가 저들은 모두 화산파의 무복을 착용한 상태였다. 그 말은 곧 패천성과 천룡맹 사이에 출입이 허락된 것이나 마찬가지였다. 물론 보타암과 인연이 깊은 매화검군을 배려한다는 전시성 허락이 분명했다.

'천룡맹 영역 내에 화산파가 돌아다니는 불쾌함보다 세

인들의 칭송이 더 클 것이라 여긴 거겠지.'

문백경이 미안한 표정으로 다가왔다.

"가주, 오랜만이외다."

패천성을 압박해 보타혈사에 대한 책임규명을 목적으로 떠난 그였다. 하나 천룡맹과 패천성이 연합하여 조사단을 구성했으니 매화검군으로서는 체면을 구긴 것이나 다름없었다.

하나 남궁신은 곤란한 와중에도 미소를 잃지 않았다. 오히려 화색을 띠며 매화검군을 맞이했다.

"검군께서 고초가 많으셨습니다."

"면목이 없구려."

"뒤에 함께 오신 분들은?"

문백경은 제자들을 가리키며 말했다.

"남궁세가에 힘을 실어주고자 데리고 왔소이다. 아직 미력한 제자들이지만, 이름만으로도 꽤 도움이 될 것이외다."

남궁신은 또래로 보이는 매계사협을 향해 포권을 했다.

"남궁세가의 임시 가주를 맡고 있는 신이라고 합니다. 본가를 위해 큰 걸음을 하셨습니다."

매계사협에서도 대사형 격인 희륜이 나섰다.

"남방의 신룡이라 불리는 가주를 뵙게 되어 영광입니

다."

희륜과 남궁신은 배분이 같지만, 서로에게 예의를 다했다. 명문 출신의 품격이 저절로 느껴지는 언행에 서로 호감이 물씬 일어났다.

제갈소소가 계단으로 내려와 인사를 했다.

"검군께 인사드립니다."

"내단주도 안녕하셨소. 연리는 어찌 잘 지내고 있소이까?"

"연리는 요즘 산과 들을 쏘다니느라 정신이 없답니다. 소화문에서 오신 분들 덕분인지 성격이 많이 바뀌었어요. 아직 갈 길이 멀지만요."

매화검군은 빙긋 웃으며 다시 한 번 포권을 했다.

"내단주에게는 미안한 마음뿐이구려."

"개의치 마셔요. 또 좋은 기회가 있겠지요."

제갈소소의 말에 매화검군은 웃으며 고개를 끄덕였다.

'역시 연리를 그냥 놓아줄 생각은 없어 보이는군.'

두 사람은 각기 다른 생각을 하는 중에도 미소를 잃지 않았다.

남궁신은 해를 살피더니 난감한 표정을 지었다.

"검군께서 오셨으니 마땅히 연회를 열어야 할 텐데……."

"그러고 보니 어디를 급하게 가시나 보오?"

매화검군의 말은 제갈소소가 기다렸던 한 마디가 아닌가. 그녀는 속내를 감추고 난처한 표정을 지으며 말했다.

"절강성에 가는 거예요. 연리를 위해서 절강성에 보타분원을 만들려고 합니다."

매화검군은 고개를 갸웃거렸다.

"분원은 천룡맹에서 만든다고 들었소만."

"보타암의 재건은 마땅히 연리와 동해팔군자의 후예들이 맡아야 하지 않겠습니까? 그래서 가주가 직접 그들을 만나 대화를 나누려 합니다."

대답 대신 전음이 흘러들어왔다.

[내가 같이 가줬으면 하는 건가?]

제갈소소는 미약하게 고개를 흔들었다.

[여기를 지켜달라고?]

이번에는 머리카락을 다듬는 척하며 슬며시 고개를 끄덕였다.

[조건이 있네.]

매화검군과 제갈소소의 시선이 마주쳤다.

[분원을 만들면 연리를 세가 밖으로 내보내 주게. 그대와의 인연은 자연스럽게 끊겨졌으면 좋겠군. 자네가 아니어도 소화문과 주산군도의 문파들은 연리의 든든한 배경이

되어줄 걸세.]

제갈소소가 소리를 내지 않고 입술을 달싹거렸다.

'올해 안으로 그리될 것이라고?'

매화검군은 제갈소소의 눈동자를 한참 동안 들여다봤다. 그러고는 남궁신을 향해 미소를 지으며 물었다.

"가주, 제자들이 강남은 처음이니 동행을 해도 되겠습니까?"

남궁신은 흔쾌히 고개를 끄덕였다.

"당연하지요. 매계사협이라면 제가 청하고 싶을 정도입니다."

매화검군은 제자들을 향해 손짓했다.

"희륜아."

"예, 사부님."

"승지와 함께 가주를 따라가거라. 보고 듣고, 깨우치는 계기가 될 것이다. 언제 어디서든 화산의 제자라는 점을 잊지 말고. 알겠느냐?"

희륜은 남궁신과 눈인사를 한 후 대답했다.

"명심, 또 명심하겠습니다."

"지금 바로 출발해야 합니다만……."

남궁신의 말에 매화검군은 너털웃음을 지었다.

"화산의 제자는 그리 허약하지 않습니다. 바로 떠나시지요."

남궁신이 떠나려는 데 제갈소소가 붙잡았다. 그녀는 남궁신의 헝클어진 옷깃을 매만지며 말했다.

"세가를 나서면 사람들이 이러쿵저러쿵 떠들 거예요. 그런 사람들의 말에 휘둘리지 마시고, 원하는 것을 얻어 오세요."

남궁신은 제갈소소를 안고 입을 맞췄다.

"나 없다고 밤새지 마. 밥도 잘 먹고, 잠도 푹 자. 금방 다녀올게."

남궁신은 화산의 제자와 세가를 나섰다. 그리고 시비에게 일러 매화검군을 내원의 별채로 안내했다.

매화검군은 자리를 뜨기 전에 서늘한 목소리로 한 마디를 남겼다.

"연말까지 기다리겠네. 약속은 지켜주겠지."

"당연하지요."

제갈소소는 한참 동안 정문을 떠나지 않았다.

남궁신은 숲 속으로 사라지기 전까지 손을 흔들었다. 제갈소소 또한 쥐가 날 정도로 손은 흔들며 배웅을 했다.

'부디 뜻을 이루시기를……'

남궁신이 시야 밖으로 사라진 후 제갈소소는 손을 모으고 대례를 올렸다.

'소녀, 멀리서나마 평생 기원하겠나이다.'

볼을 타고 흐르는 눈물은 불덩어리보다 뜨거웠다.

다음 날 제갈소소를 호위하는 청검대에 청천벽력과도 같은 소식이 전해졌다.

"내단주께서 사라지셨습니다!"

*　　　*　　　*

협객을 칭하는 수많은 말 중에 괴협(怪俠)이라는 것이 있다. 하나 다른 별호와 달리 괴협에는 부정적인 의미가 다분했다. 결과적으로 보았을 때에는 협행이었지만, 과정은 그렇지 않은 경우가 많기 때문이다.

전례를 살펴봐도 정사지간의 무인에게 주로 붙는 별호였다. 그러니 정파인들이 괴협이라는 별호를 좋아할 리 만무했다.

한데 며칠 사이 괴협이라는 별호가 여모봉 전체에 퍼졌다.

당연히 적운비를 지칭하는 별호다.

이제 괴협이라는 별호는 해남 장문인이 주최하는 회합이 끝나면 해남도 전처에 퍼질 것이 분명했다.

혈인은 희희낙락이었고, 적운비는 개의치 않았다.

오히려 걱정하는 쪽은 노대였다.

혈마교의 비고를 턴 이후 적운비의 이름이 본격적으로 세상에 알려지는 것이 못내 불안했나 보다.

"좋지 않습니까?"

"글쎄다. 그들이 알기라도 한다면……."

적운비는 어깨를 으쓱거렸다.

"괴협이라는 이름값에 걸맞은 대응을 해줘야겠지요."

노대는 연방 양 주먹을 쥐락펴락했다.

"네가 뜻한 바가 있을 테니 말리지는 않겠다. 하지만 항상 조심하고 또 조심해야 해."

"네, 그런데 어디 가시나요?"

적운비는 홑옷만 입고 나선 노대를 보며 고개를 갸웃거렸다. 노대는 적운비의 물음에 인상을 쓰며 대꾸했다.

"흥! 혼내줄 놈이 있단다. 촌뜨기에게 중원의 쓴맛을 보여줘야겠어!"

어디선가 한 번쯤은 들었던 말투였다.

적운비는 고개를 갸웃거리며 노대를 뒤따랐다.

노대가 향한 곳은 널따란 공터였다.

이미 수십여 명의 사내들이 편하게 앉아서 누군가를 기다리고 있었다.

적운비는 혈인을 발견하고 다가갔다.

"야! 무슨 일이야?"

혈인은 풀뿌리와 자그마한 술병을 쥐고 있었다.

"왔냐? 괴협."

적운비는 괴협이라는 말에 눈매를 찡그렸다. 그래서인지 말투는 평소보다 시큰둥했다.

"넌 무슨 싸움 구경이라도 하러 왔냐?"

"응."

"뭐라고?"

혈인은 대답 대신 턱 짓으로 공터를 가리켰다.

공터에는 해귀왕과 노대가 웃통을 벗은 채 서로를 노려보고 있었다.

'두 분의 일이었던가?'

돌이켜보면 두 사람의 불화는 당연했다.

해귀왕은 평생 해남도에서만 살았으니 자신의 실력을 가늠할 방법이 없었다. 그리고 노대 역시 적운비와 함께하면서 본신의 실력을 숨겨야만 했다.

그런 두 사람이 초면부터 부딪쳤으니 이처럼 투기를 드러내는 것도 이해 못 할 바는 아니었다.

'그래도 그렇지. 애들도 아니고……'

혈인은 손에 쥐고 있는 풀뿌리를 흔들며 키득거렸다.

"야! 이거 봐라. 수삼이다. 장문인께서 주신 거야. 요즘 해남파 창고에 있는 영약은 죄다 내가 먹고 있단다. 어때? 부럽지!"

"……."

적운비의 시큰둥한 시선에 혈인은 헛기침을 연발했다. 그러고는 바닥에 깔아 놓은 수삼(水蔘) 한 뿌리를 슬며시 건넸다.

"솔직히 네 덕을 본 건 인정하마. 괜찮으면 이거 한 뿌리 해라."

적운비가 머뭇거리는 동안 혈인이 눈을 휘둥그레 뜨며 외쳤다.

"이야! 시작한다!"

적운비는 한숨을 내쉬며 수삼을 받아 들었다. 그러고는 혈인의 곁에 앉아 해귀왕과 노대의 비무를 기다렸다.

"오늘에야말로 촌뜨기의 버릇을 고쳐주겠노라!"

노대의 외침에 해귀왕은 코웃음을 쳤다.

"흥! 혀가 길어지는 것을 보니 기력이 떨어졌나 보지? 어이! 다시 검을 가지고 와."

"클클, 변명거리라도 필요한 게냐? 너 정도의 약골은 한 손으로도 충분하다!"

해귀왕의 눈매가 일그러졌다.

"대륙의 샌님 주제에 호방한 척은! 나야말로 네놈 정도는 두 손가락으로도 꺼꾸러트릴 수 있다!"

"샌님? 샌님이라고 했는가? 어디 그 말을 책임질 수 있는지 보자!"

노대가 양팔을 벌린 채 맹수처럼 달려들었다.

해귀왕는 피하는 대신 똑같이 양팔을 벌린 채 맞부딪쳤다.

쿵!

두 사람은 서로의 양손을 움켜쥔 채 일갈을 내질렀다. 깍지를 낀 손가락은 금방이라도 터질 것처럼 시뻘겋게 물들었다. 이내 양팔의 근육은 힘줄이 꿈틀거렸고, 두 노인에게서는 폭발적인 열기가 흘러나왔다.

노대가 해귀왕을 짓누르며 이빨을 보였다.

"크큭! 생선만 먹고 살아서 그런지 비리비리하군! 사내라면 모름지기 육고기를 먹어야지!"

해귀왕의 입에서 일갈이 터져 나왔다.

"으아아아앗!"

동시에 두 사람의 위치가 뒤바뀌었다.

"네 뱃살에 잔뜩 낀 비계를 보고도 그 소리가 나오느냐?"

두 사람은 엎치락뒤치락하면서도 쉴 새 없이 상대방을 자극하려 했다. 상대방을 이기겠다는 적개심보다는 지금껏 쌓인 투기를 발산하는 데 목적이 있는 것처럼 보일 정도였다.

적운비는 그 모습에 옅은 미소를 지었다.

'어른들의 표현 방식인 건가?'

두 사람은 지금껏 몇 번이나 비무를 해 왔나 보다.

그럼에도 불구하고 부상이 없었다는 것은 암묵적으로 선을 그었다는 뜻이 아니겠는가.

다치지만 않는다면 굳이 말릴 필요는 없으리라.

적운비는 두 사람에게서 시선을 돌렸다.

"야!"

혈인은 두 노인의 힘자랑이 우스운지 껄껄거리며 연방 육포를 씹고 있었다.

"왜?"

"너도 별호 얻고 싶지?"

"당연하지."

"얻게 해줄까?"

적운비의 말에 혈인은 미간을 찡그렸다.

"또 무슨 개소리를 하려고? 난다 긴다 하는 놈들은 죄다 별호를 얻고 싶어서 눈에 불을 켜고 있는데, 별호 얻는 게 어디 쉬운 일 갔냐?"

적운비는 혈인의 어깨를 감싸며 말했다.

"나랑 함께 가면 되지."

"어디를?"

"혈마교."

혈인은 적운비의 팔을 치며 벌떡 일어났다.

그러고는 분기를 이기지 못하고 발을 동동 굴렀다.

"이게 미쳤나? 가기는 어디를 가!"

하나 적운비는 옆 마을을 놀러가듯 담담하게 대꾸했다.

"혈마교. 네가 길잡이를 해줘야겠다."

"안 가! 내가 왜 가냐? 누구 마음대로 나를 보내!"

혈인의 발악에도 적운비는 개의치 않았다.

"네 외조부께서 그러시던데?"

"외조부? 장문인께서?"

적운비는 고개를 끄덕였다.

"그래, 해남의 일을 어찌 외인에게만 맡길 수 있겠느냐면서 너라면 길잡이로 쓰기에 충분할 거라고 하시더군."

혈인은 눈을 끔뻑이며 말을 잇지 못했다.

'거기를 또 가라고?'

적운비는 처량한 표정을 짓고 있는 혈인의 어깨를 두드리며 말했다.

"장문인께서 잘 먹여서 키워놓았으니 마음껏 쓰라고 하시더라. 게다가 노자는 충분히 주신다니 좋은 것도 먹고,

여행하는 기분으로 다니자. 겸사겸사 나쁜 놈들도 때려잡고 말이야. 하하하!"

혈인은 주먹을 불끈 쥔 채 부르르 떨었다.

저걸 위로랍시고 내뱉는 놈의 입을 후려치고 싶은 마음이 간절했다. 그러나 섣불리 주먹을 내질렀다가는 열 배, 아니 백배로 돌아올지 모르는 일이 아닌가.

결국, 울화는 홀로 풀어내야 했다.

혈인은 손에 쥔 수삼을 집어던지고, 바닥에 놓인 것을 걷어차며 울분을 토해냈다.

"크흑! 어쩐지 매일같이 영약을 주시고, 수련까지 봐 주시더라니 이런 꿍꿍이가 있으셨던 건가!"

하나 혈인의 외침은 해귀왕과 노대의 일갈에 묻혀 버렸다. 그리고 비무가 끝날 때까지 공터 주변을 공허하게 맴돌 뿐이었다.

"으아아아아아!"

＊　　　＊　　　＊

짐수레는 후덥지근한 날씨처럼 느긋하게 관도를 지나갔다. 그렇게 느릿하게 움직이던 짐수레가 도착한 곳은 운해상단이다.

상단에 짐수레가 드나드는 것이 뭐 이상하랴.

하지만 운해상단을 오랫동안 지켜본 사람이라면 의구심을 가지기에 충분했다. 그도 그럴 것이 십수 일에 걸쳐 하루에 한 대씩 짐수레가 운해상단으로 사라졌기 때문이다.

짐수레에는 짚단이 잔뜩 쌓여 있었다.

"짚단 팔아서 몇 푼이나 남기려나?"

"쯧쯧, 사람 좋은 장사치는 망한다는 옛말이 딱 맞는구만."

"빌려준 돈이 있으면 악착같이 받아내고, 빌린 돈이 있으면 숨으라고 저자에 소문이 자자하더이다."

사람들은 운해상단이 천룡대상단의 압박을 이기지 못하고 짚단에까지 손을 댄다며 안타까워했다.

하나 운해상담의 비처에는 사람의 팔뚝만 한 금괴가 산처럼 쌓이고 있는 중이었다.

운해상단주 위지평정의 인맥에 금맥이라는 날개가 더해진 것이다. 창고를 가득 채운 금자와 은자는 날이 갈수록 빠르게 사라졌다.

해가 지나기 전에 다시 채워질 것이고, 적운비가 돌아올 즈음이면 창고를 확장해야 하리라.

"하앗!"

해는 서산 너머로 기울고 있는데 연무장에는 백광이 난

무했다. 태양이 바람을 타고, 구름을 걷어내며 연무장에 떠오른 것이다.

위지혁은 밤낮을 가리지 않고 수련에 매진했다.

그 결과가 지금 나타나고 있었다.

그의 손에서 한순간 검이 사라졌다. 아니 잠시나마 석양에 몸을 숨기고, 허공에서 번뜩인 것이다.

두두두두두둥—

위지혁의 검은 연무장에 박아 놓은 쇠막대를 쉴 새 없이 두들겼다. 한데 쇳소리는 점점 사라졌고, 가죽 두들기는 소리만 연무장에 가득하다.

쾅!

위지혁이 금계독립보로 조양검법을 마무리했을 때 그의 검은 이미 검갑으로 사라진 후였다.

그는 땀을 닦을 사이도 없이 위지평정의 처소로 향했다.

잠시 후 아비를 만나고 나온 위지혁의 얼굴에는 환한 미소가 가득했다.

'이 매정한 자식! 해남도에 있었냐?'

한데 그의 앞을 막아서는 여인이 있었다.

위지혁의 동생인 위지예예다.

자그마한 체구와 달리 눈빛에는 독기가 가득했다.

"오빠!"

"어이, 우리 꼬맹이 총관님 오셨나."

위지예예는 장난스러운 위지혁의 대꾸에 흠칫 놀라며 물러섰다. 무당산에서 돌아온 위지혁은 그녀가 어릴 때 보았던 오라비가 아니었다.

방정맞고, 질투 많던 못난이는 사라지고, 헌앙한 청년으로 돌아온 것이다. 그러나 오라비와 지난 세월을 얘기할 기회는 찾아오지 않았다.

위지혁은 한 맺힌 사람처럼 밤낮을 가리지 않고 수련만 했기 때문이다.

한데 오랜만에 만난 오라비의 입가에는 낯선 미소가 가득하지 않은가.

'이게 다 적운비라는 사람 때문인 거야?'

"오라비는 바쁘니까 나중에 얘기하자."

위지혁은 당장이라도 강남으로 향할 생각이었다.

한데 위지예예가 다시 한 번 길을 막았다.

"정말 갈 거야?"

"너 뭐를 아는 것처럼 얘기한다."

위지예예는 아랫입술을 깨물며 조심스럽게 말했다.

"사태천으로 인해 평화롭고, 정마의 구분이 사라졌다고 해도 혈마교는 혈마교야. 마교의 후예라고. 피를 마시는 예사고, 여자든 애든 가리지 않고 죽이는 미친놈들이 사는 세상이라고. 거기를 가겠다는 거야?"

위지혁은 헛웃음을 지었다.

"너 알고 있었구나."

"응! 나는 총관이야. 운해상단에서 일어나는 일은 뭐든 다 알고 있지. 그러니 오빠가 강남으로 가면 안 된다는 것도 알아!"

위지예예는 억지를 부리고 있다.

위지혁은 그런 여동생이 귀여운지 빙긋 웃으며 물었다.

"왜 안 된다는 건데? 내가 약해서? 그래서 걱정되는 거야?"

위지예예는 자신을 쳐다보며 눈을 깜빡이는 오라비를 향해 퉁명스럽게 외쳤다.

"매일 같이 쇠막대만 두들기면 뭘 해! 집에 돌아온 후로 달라진 건 하나도 없잖아. 쇠막대 하나 못 자르면서 가기는 어딜 가?"

위지혁은 동생을 데리고 연무장으로 향했다.

"저거?"

"그래!"

그 순간 위지혁의 허리춤에서 백광이 터져 나왔다.

쩡!

위지예예는 눈만 끔뻑일 뿐 오라비에게서 시선을 떼지

못했다. 검을 언제 뽑았는지도 모르겠고, 뽑았다면 뭘 했는지도 알 수가 없었다.

"뭐, 뭐한 거야?"

그 순간 연무장에서 요란한 소음이 울렸다.

터터터터터터텅!

위지예예는 눈을 부릅떴다.

연무장에 꽂혀 있던 열두 개의 쇠막대가 모조리 잘려나간 것이다.

'도대체 언제?'

위지혁은 위지예예의 머리를 쓰다듬으며 나직이 말했다.

"이 정도면 가도 될까?"

위지예예는 입술을 파르르 떨며 힘겹게 입을 열었다.

"정말 갈 거야?"

위지혁은 옷도 갈아입지 않은 채 봇짐을 둘러멨다. 언제든 떠날 수 있게 짐까지 챙겨놓았나 보다.

"가야지. 지금 아니면 평생 못 갈 거 같거든."

위지예예는 입술을 깨문 채 말없이 오라비를 배웅해야 했다.

'무사해야 해.'

*　　　*　　　*

제갈수련의 표정은 그리 밝지 못했다.

"남경에서 교지가 내려왔데요."

그녀와 함께 팔선탁에 둘러앉은 십수 명의 표정 또한 마찬가지였다.

"드디어 나왔군."

천룡맹의 총선주인 제갈수련과 태상의 심복이라고 할 수 있는 천급 빈객들이 모인 자리다.

제갈세가의 핵심이라고 불릴 만한 인력이 아니던가.

하나 비처에 모인 이들의 얼굴에는 다양한 감정이 섞여 있었다.

"보타혈사로 인해 황궁과 멀어질 것이라 여겼거늘……
시간만 조금 늦춘 것에 불과했군."

"이대로 아무것도 못 하고 시간이 흐른다면 전쟁이 일어날 거요."

"크흑! 정사마가 공존하는 데 정파끼리 전쟁이라니! 이 무슨 해괴망측한 일이란 말인가."

천급 빈객들은 제갈수련을 쳐다보며 표정을 굳혔다.

대의명분과 정통성, 그리고 향후의 이권을 위해 뭉친 사람들이다.

'이들에게서 적극적인 모습을 찾기란 불가능한 건가. 상

천에 비하면 부족함이 많구나.'

제갈수련은 답답한 표정으로 일관했다.

태상에 적대하기로 한 이상 무리를 이끄는 수장이 된 것이다. 한데 총선주로 바라보는 태상과 적으로 바라보는 태상은 격이 달랐다.

파고들어 갈 틈이 없었다.

상천을 소수 끌어들이고, 천급 빈객을 상당수 포섭하지 않았던가. 하지만 태상의 권력과 인맥은 여전히 반석처럼 단단했다.

강호인으로서 지자(知者)가 겪는 한계에 봉착한 게다. 제갈세가가 아무리 위명을 떨치고, 천룡맹주가 됐다고 해도 문사는 문사인 것이다. 강호는 무인들의 세상이고, 강자존의 법칙이 철석같이 통용되지 않던가.

그렇기에 태상은 무력을 준비했고, 그 후에 권좌를 탐했다. 수십 년간 누구에게도 드러내지 않고 준비한 것이다.

제갈수련은 인정하지 않을 수가 없었다.

'제갈세가 자체는 아무것도 아니야.'

어린 시절 태상이 세뇌하듯 말하지 않았던가.

하고 싶은 일을 꿈꾸는 대신 할 수 있는 일을 준비하라고 말이다. 태상은 처음부터 제갈세가에서 벗어나 천하를 상대로 준비해온 것이다.

그런 사람을 상대하려니 눈앞이 막막했다.

'하아…….'

제갈수련은 머릿속으로 자신의 편에 선 상천을 헤아렸다. 지금껏 드러난 상천의 삼분지 일에 불과했다. 그러나 상천이라고 해서 모두가 초절정 고수거나, 대학사급의 유생은 아니지 않은가. 양으로 누를 수 없다면 질로나마 이겨야 했다.

즉 대검백 급의 고수가 절실한 시점이었다.

회의는 소득 없이 끝나갔다.

한데 제갈수련의 귓가에 의미심장한 대화가 들려왔다. 천급 빈객의 대화였다.

"천룡학관주 한 명이 우리보다 낫군."

"그건 또 무슨 소리인가?"

"태상에게 있어서 천룡학관은 주머니 안의 보석이 아닌가. 한데 주머니는 쥐고 있는데 보석을 꺼낼 수가 없으니 얼마나 답답하겠는가."

"천룡학관주가 태상을 막고 있다는 건가?"

"그렇다니까. 천룡맹주가 유일하게 손댈 수 없는 곳이 바로 천룡학관이라네. 물론 법제를 바꾸면 가능하겠지만, 맹주 자존심에 그건 힘들지 않겠는가?"

"클클, 하기는 그리고 보면 천룡학관주도 보통이 아니더군."

"자네, 뭐 아는 일이라도 있는가?"

"일전에 천룡학관에 있던 무당의 제자를 잡으러 나간 일이 있지 않던가. 그때 상천에서 사람이 나왔는데……."

제갈수련은 눈을 가늘게 떴다.

눈동자가 흔들리고, 눈초리는 파르르 떨린다.

한데 그녀의 관심은 적운비에게서 상천의 무인으로 이동했다.

'관주의 호위가 상천의 무인을 물러나게 했다고?'

태상의 비밀 세력인 상천의 무인 중에서 장군검을 사용하는 노인이라면 그녀가 아는 한 한 명뿐이었다.

'대검백!'

제갈수련은 평소보다 빠르게 회의를 끝냈다.

그리고 처소에 돌아오자마자 급히 이중을 찾았다.

이중은 평소와 달리 다급한 제갈수련의 표정에 고개를 갸웃거렸다.

"아가씨, 무슨 일이세요?"

"천룡학관주가 이현이지. 그 사람 호위가 누구야?"

이중은 잠시 기억을 더듬다가 대꾸했다.

"서준이라는 자로 절정에 오른 지 꽤 되는 무인이에요. 이현이 직접 거둬서 무공을 가르치고 호위로 삼았다고 알려졌어요."

"그자가 대검백에게 명패를 보였고, 그걸 본 대검백이 물러났데."

이중은 눈을 휘둥그레 떴다.

"진짜요? 대검백과 서준이 엮였을 리가 없는데…… 엮였었다면 비서당에서 이미 알았을걸요."

"동감이야. 서준이 아니라 이현이 엮여 있을 거야. 일전에 적운비가 이현의 처소인 정조원에 숨어들었던 적이 있었잖아. 그때 두 사람이 친해졌을 거야."

제갈수련의 말에 이중은 침음을 흘리며 고개를 끄덕였다.

"그리고 대검백으로 인한 위기에서 이현이 구해줬다. 이거지요?"

"그래. 강제로 은거하다시피 한 이현이 대검백을 움직인 거야. 우리도 이현을 통해서 대검백을 움직일 수 있어. 아니, 있어야 해! 자신 있어?"

이중은 빙긋 웃었다.

"정보 모으는 거야 자신 있지요. 이현과 대검백이 천룡맹에 입맹하기 전 무엇을 했는지 알아볼게요."

제갈수련은 오랜만에 미소를 보였다.

"그럼 나는 정조원에 좀 가야겠어. 나도 한때는 학관의 관도였잖아. 만날 자격 정도는 되겠지.”

“대검백을 포섭한다면 분명 활로가 생길 거예요.”

이중의 확신에 제갈수련도 동의했다.

“태상에 대적할 최소한의 패가 완성되는 거야.”

“사소한 버릇까지 죄다 알아올게요.”

제갈수련은 이중이 떠난 후 의자에 깊이 몸을 묻었다. 상천과 천급 빈객들을 포섭할수록 자신감이 커지기는커녕 두렵기만 했다.

‘도독부가 창설되기 전까지 시작을 해야 해.’

무림도독부가 창설되는 순간 태상은 황실의 녹을 먹는 관리가 된다. 그런 태상을 건드린다는 것은 반역과 다르지 않을 터였다.

‘당신이라면 그게 뭐 대수냐고 웃었겠지?’

그의 얼굴을 떠올리는 순간 짜증과 그리움이 동시에 밀려왔다.

*　　*　　*

해귀왕과 노대가 매일같이 힘자랑을 하고, 적운비와 혈인이 투닥거리는 동안에도 해남파는 해야 할 일을 충실히 진행했다.

바로 해남도를 침입한 마인들에 대한 심문이었다.

살아남은 암객은 도주했고, 혈객은 끝까지 저항하다 전원 죽음을 면치 못했다.

그렇기에 심문의 대상은 장로인 독비룡, 그리고 흑풍대와 비격대의 마인들 순으로 대상으로 심문이 이어졌다.

한데 이들을 대상으로는 알아낼 것이 많지 않았다.

실제로도 혈마교 상부에서 내려온 명령을 받고 전장에 투입됐기 때문이다. 그러나 의외로 무명계를 대상으로 한 심문에서는 큰 수확이 있었다.

흑풍대와 비격대는 무명계를 혈마교에서 새로 만든 타격대라고 알고 있었다.

하지만 무명계는 소속 자체가 없는 낭인이다.

그저 돈을 받고 의뢰를 받은 살귀들인 게다.

그리고 그들의 활동 지역은 대부분 사도련 영역에 국한됐다.

해남파의 무인들은 며칠 동안 조사 결과를 정리했다. 그 결과 혈마교와 사도련의 밀월관계를 신빙성 있게 의심하게 되었다.

그리고 며칠 후 적운비가 해남파를 떠났다.

"정말로 혼자 괜찮겠느냐?"

노대의 말에 적운비는 문제없다는 듯 손을 내저었다.

"저 아시잖아요."

"네 능력을 어찌 모르겠느냐. 다만 너를 혼자 보내는 것이 못내 불안하구나."

함께 마중 나온 해귀왕이 코웃음을 쳤다.

"흥! 혈인은 보이지도 않는 건가? 장문인께서 직접 가르쳤어. 자네보다 훨씬 도움이 될 것이고, 길 안내도 할 수 있으니 일석이조가 아닌가. 그러니 너 정도의 사내가 괴협을 걱정하는 건 어불성설이지!"

"비린내 나니까 가까이 오지 말라고 했지?"

노대와 해귀왕은 장소를 가리지 않고 서로 으르렁거렸다.

적운비를 그런 두 사람을 뜯어말린 후 노대에게 귓속말을 했다.

"할아버지, 며칠 후 운해상단으로 떠나는 마지막 배가 있을 겁니다. 운해상단주를 만나시면 무당파로 들어갈 수 있는 방법을 일러 주실 겁니다. 장문인께 해남도에서 있던 일을 알려주세요."

"혈마교와 사도련의 관계 말이더냐?"

"네, 운해상단에서 소문을 내게 되면 골수 정파인들이 알아서 들고일어날 겁니다. 사파의 연합은 현실적으로 엄청난 위협이 됩니다. 그러니 천룡맹의 화친계획은 힘이 빠질 겁니다."

"한데 두 세력이 아무 관계도 없을 수도 있지 않더냐? 보타혈사처럼 두 세력이 적극적으로 해명한다면 괜히 무당파만 의심받을 수도 있는 노릇이야."

적운비는 어깨를 으쓱거렸다.

"상관없어요. 운해상단을 통해서 은밀하게 소문이 퍼질 거고, 한 번 퍼진 소문은 웬만한 시간이 흐르기 전에는 사그라지지 않을 겁니다."

노대는 침음을 삼켰다.

적운비는 눈을 빛내며 확신했다.

"태상의 권위가 흔들릴수록 무당파가 안전해집니다. 그리고 그 소문이 제가 돌아갈 때까지 시간을 벌어 줄 것입니다."

결국 노대는 고개를 끄덕였다.

"몸조심하거라."

적운비는 빙긋 웃으며 말했다.

"쥐새끼처럼 몰래 다니면서 혈마교의 지부를 건드릴 겁니다. 혈마교 놈들이 약이 바짝 올라서 다른 것은 생각도 못 하게요. 그러려면 조심해야지요."

내륙으로 향할 배는 해귀왕이 직접 구해 준 쾌속선으로

세 명을 제외하면 모두 선원이었다.

적운비와 혈인, 그리고 독비룡이다.

독비룡은 그동안 조사를 받으면서 큰 고초를 겪었는지 초췌한 얼굴로 숨만 몰아쉬었다.

"나를! 나를 어디로 끌고 갈 생각이냐?"

"집에 보내 줄게."

적운비의 말에 독비룡은 눈을 휘둥그레 떴다.

"진짜?"

독비룡 스스로가 생각해도 어이가 없는 질문이었다. 하나 그가 해남파에 사로잡힌 뒤 겪었던 고초를 생각하면 이상할 것이 없었다.

"물고기 밥으로 줄 생각은 없으니까 창고에서 푹 쉬라고."

적운비가 빙긋 웃으며 혈인을 향해 턱짓했다.

"젠장, 내가 종이냐?"

혈인은 투덜거리면서도 점혈당한 독비룡을 끌고 창고로 향했다.

적운비는 뱃머리에 앉아서 대륙이 있을 북쪽을 쳐다봤다. 해남도에서 보냈던 시간은 길지 않았지만, 각인이 되었을 정도로 강렬했다. 해남 무인들의 순수함과 열정은 내륙의 강호인들이 본받아야 마땅할 정도였다.

속내를 감추는 데 익숙한 적운비조차 거짓 없이 웃고 울
며 쉴 수 있었던 소중한 시간이 아니었던가.

　'언제고 다시 오고 싶다.'

　잠시 후 걸걸한 목소리가 귓가에 꽂혀 들었다.

　"출항합니다!"

　쾌속선이 해구항을 떠나 일각 정도 지났을 때였다.

　적운비는 나직이 읊조렸다.

　"나와."

　"아! 왜? 왜 또 부르는데?"

　혈인의 짜증 가득한 질문을 뒤로 한 채 나직한 목소리가
다시 흘러나왔다.

　"나오라고 했다."

　적운비의 연이은 호명에 혈인은 고개를 갸웃거렸다.

　그러나 파도 부서지는 소리만 귓가에 울릴 뿐이다.

　그 순간 적운비의 검지에서 한 줄기 지풍이 흘러나와 갑
판을 꿰뚫었다.

　콰직!

　동시에 갑판의 밑에서 시커먼 그림자가 솟구쳤다.

　"크크큭, 역시 알고 있었군요."

　적운비는 미간을 찡그리며 입을 열었다.

　"너, 그때 도망간 놈이지?"

흑의인은 고개를 꾸벅이며 말했다.

"맞아요. 명조라고 합니다. 명객이지요."

第九章

교룡검(鮫龍劍)

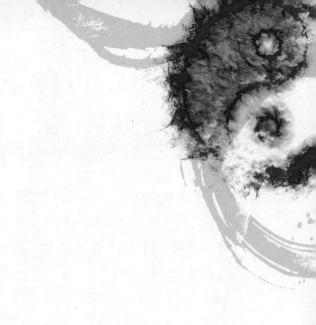

적운비는 명조를 응시한 채 한참 동안 말을 잇지 않았다.
이미 해남파에서 두 명의 적이 도주했음을 인지하고 있지
않던가.

명조는 그중 하나일 터였다.

천괴의 내공을 받은 자들은 하나같이 일그러져 있었기
때문이다.

적운비는 명조가 쾌속선에 다가오는 것을 알았지만, 제
지하지 않았다. 그가 해남도를 떠나기 직전까지 마음에 담
고 있던 불안 요소가 아니던가.

제 발로 찾아왔으니 막을 이유가 없다.

그런 명조를 지금 불러낸 것은 다른 한 명의 위치를 확인하기 위해서였다.

'저건 뭐지?'

적운비는 침음을 삼켰다.

명조를 불러냈을 때만 해도 당장 제압할 생각이었다. 한데 직접 마주한 명조에게서는 사람의 느낌이 나지 않았다. 숨을 쉴 때마다 왠지 모르게 피 냄새가 진동했고, 눈빛에서 인성을 찾기란 요원했다.

마치 고기를 빚어 만든 인형 같지 않은가.

명조는 고개를 좌우로 까딱거리며 키득거렸다.

"반응이 너무 뜨뜻미지근한데요?"

그 순간 적운비의 뇌리를 스쳐 가는 하나의 기억이 있었다. 오래전 호사방을 급습하던 과정에서 마주했던 혈기오객을 떠올린 것이다.

그중 주안이라 불렸던 자, 그자가 덧씌워졌다.

명조와 주안의 공통점은 인간미가 없고, 피 냄새가 진동한다는 점이다. 다른 점을 논하자면 주안은 지나치게 부드러웠고, 명조는 지나치게 경박했다.

마치 한 가지 감정만 지닌 것처럼 말이다.

적운비는 오랜만에 떠올린 혈기오객에 관한 기억을 되새겼다.

'단순한 조직이 아니었던가? 혈기오객에 관해서 다시 한 번 알아봐야겠어.'

지금은 눈앞의 명조를 통해 다른 한 명을 찾아내야 하는 것이 우선이었다.

"혼자인가?"

명조는 적운비가 입을 열자 입꼬리가 눈가에 닿을 정도로 기괴한 웃음을 흘렸다.

"이미 알고서 부른 거 아닌가요? 사실 끝까지 지켜보기만 하려고 했는데 자신감이 과하군요. 호기심 때문에 죽을 수도 있다고요."

"다른 하나는 어디 있지?"

"역시 대사형께서 관심을 가질만하군요. 비공기를 감지해내는 존재가 있을 줄은 몰랐네요."

적운비는 비공기를 속으로 읊조렸다.

천괴의 이질적인 내공을 표현하기에 제격이 아닌가.

'대사형? 비공기? 생각보다 체계적인 조직이다.'

하나 심중의 혼란을 숨긴 채 담담한 어조로 물었다.

"흰소리하지 말고 다른 한 명은 어디 있지?"

적운비의 말에 명조는 키득거리며 쾌속선 밖을 가리키며 말했다.

"아마 물고기 밥이 되지 않았을까요?"

생각지도 못한 말에 절로 미간이 일그러졌다.

"왜 죽였지?"

명조는 순진무구한 미소로 화답했다.

"쓸모가 없으니까."

"너는 쓸모가 있나?"

적운비의 말에 명조는 눈을 휘둥그레 떴다.

"설마 아는 것은 아닐 테고…… 추론이라도 한 거야? 대단한걸!"

단순히 쓸모의 유무(有無)를 물었을 뿐이다.

하나 명조의 반응은 필요 이상으로 과장됐다.

'뭔가 있어?'

새삼 혈기오객의 막내인 주안이 떠올랐다.

일월마고와 자신을 기습했던 암섬, 그들과 주안은 달랐다. 최소한 전자의 무리는 감정을 지녔고, 목표가 존재했다. 하나 주안과 명조에게서는 어떠한 목표나 의지도 느낄 수가 없었다.

새삼 인형이라는 말이 다시 한 번 뇌리를 스쳤다.

적운비는 빙긋 웃으며 물었다.

"쓸모가 아주 많은가 보네."

명조는 양팔을 벌리고 키득거렸다.

"암객이나 혈객보다 훨씬 쓸모가 많지요. 아니! 직계보다 쓸모가 많을걸요?"

"자부심이 대단하네."

적운비의 말에 명조의 얼굴에서 한순간 표정이 사라졌다.

"우리는 선택받았으니까."

암객과 혈객에 이어 선택이라는 또 하나의 단서가 나타났다.

'일부러 정보를 흘리는 것은 아니야. 그런데 알아서 입을 여는 이유가 뭐지?'

상식적인 선에서 판단이 불가능했다.

"정말 죽였나?"

명조의 입가에서 다시금 비릿한 혈소가 맺혔다.

"죽였다기보다는 폐기했다고 해야겠지요."

정상이 아닌 만큼 머리를 굴렸을 확률은 희박했다.

거짓은 아니다.

적운비는 판단을 내리는 순간 몸을 날렸다.

"그럼 너도 폐기해 주마!"

명조만 없애면 해남파의 위험요소는 사라진다.

혈마교에 정보를 흘리는 것은 독비룡, 한 명으로 충분할 터였다.

쾌속선의 출렁거림은 방해가 되지 않는다.

적운비는 평지를 걷듯 빠르게 나아갔다.

명조는 적운비의 기습 아닌 기습에도 경악하는 대신 광소를 터트렸다.

"크하하하하!"

그리고 빛이 번쩍이는 순간 검 한 자루가 적운비의 미간을 노린 채 꽂혀 들었다.

"흥!"

적운비는 코웃음을 치며 우수를 내밀었다.

손등으로 검을 마주했고, 이내 손을 뒤집으며 검신을 휘감았다.

그러고는 양의심법을 일으켰다.

음양의 내력을 운용하는 순간 고유의 파동이 생성된다. 적운비가 검신을 두들기는 순간 명조는 팔을 마비시키는 경련과 함께 검을 놓칠 것이다.

한데 그 순간 묘한 상황이 벌어졌다.

빳빳하던 검신이 한순간 뱀처럼 출렁거리는 것이 아닌가.

'연검?'

적운비는 눈을 가늘게 떴다.

분명 첫 공격은 연검이 아니었다.

그것을 확인했기에 검신을 휘감으려 한 것이다.

'내공으로 검의 강도를 조절한다고?'

일견하기에도 신병이기가 분명했다.

적운비는 속으로 혀를 찼다.

건곤와규령이나 만변약수행은 강기를 상대할 때 유용했다. 근접전에 운용하는 것은 배보다 배꼽이 더 큰 것과 같았다.

"피! 피를 보여줘!"

명조의 음습한 한 마디와 함께 연검이 휘말렸다.

지잉―

한껏 똬리를 튼 연검이 펼쳐지며 엄청난 속도로 휘어졌다. 적운비는 다섯 손가락을 모아 허공을 연달아 찍었다.

따다다다당!

명조의 연검은 뱀처럼 휘어졌지만, 적운비가 선점한 곳을 벗어나지 못했다. 제아무리 연검의 변화가 화려하다지만, 거리의 한계는 여전하지 않은가.

그 순간 명조의 연검에서 검붉은 기운이 솟구쳤다.

비공기다.

"키키키킥!"

수십 마리의 뱀이 굴에서 튀어나온듯했다.

좌라라라라라락!

검기가 수십 가닥으로 늘어났다.

한데 하나하나가 모두 미증유의 거력을 품고 있었다. 진초와 허초를 구분할 수 없고, 화탄처럼 건드리는 순간 폭발할 것처럼 위험천만했다.

'이거 봐라?'

이쯤 되면 적운비도 마냥 여유를 부릴 수는 없는 상황이었다. 일월마고처럼 단순하게 비공기를 사용하는 녀석이 아니지 않은가.

그들은 명백히 천괴의 내공을 얻었다는 느낌이 강했다. 한데 눈앞의 명조는 마치 천괴 본인인 것처럼 자연스럽게 비공기를 사용하는 것이 아닌가. 이질적인 기운이 극에 달하다 보니 오히려 자연스럽게 발현될 정도였다.

지이이잉—

한 호흡에 음양의 기운이 대주천을 했다.

동시에 건곤와규령이 적운비의 전면에 발현됐다.

콰콰콰콰쾅!

굉음과 함께 공간이 출렁거렸다.

단 한 가닥의 비공기도 건곤와규령을 뚫지 못했다.

하나 이곳은 평지가 아닌 배 위가 아니던가.

두 사람의 격돌로 인해 쾌속선 전체가 뒤집힐 것처럼 요동을 쳤다.

적운비와 명조가 동시에 비틀거렸지만, 음양의 조화를

따지자면 천하에 무당을 따를 곳이 없다.

그것은 비공기 또한 마찬가지가 아니던가.

지잉—

적운비는 한순간에 균형을 되찾고, 안정된 하체를 기반으로 다시 한 번 내력을 끌어올렸다.

그러고는 면면부절(綿綿不絕)이라는 비유에 걸맞게 연이어 면장을 내질렀다.

"크흑!"

명조의 얼굴에서 웃음기가 사라졌다.

건곤와규령과 격돌한 시점부터 승패가 정해진 것이다. 그런 상황에서 마주한 면장은 눈에 보이지 않았지만, 전신을 옥죄며 묘한 압박감을 선사했다.

자연지기와는 체질적으로 상극이 아니던가.

'쳇! 그냥 지켜만 볼 걸 그랬나?'

명조는 슬며시 후방으로 몸을 띄웠다.

그 순간 엄청난 힘이 그를 잡아당기는 것처럼 배 밖으로 밀려 나갔다.

"가긴 어딜 가!"

적운비가 명조를 쫓아 배 밖으로 몸을 날렸다.

"크크큭!"

명조가 키득거리며 검을 찔러 넣었다.

허공에서 마주한 연검의 검로는 창졸간에 예상하기가 불가능할 터였다.

하나 적운비는 자신의 발등을 찍으며 다시 한 번 몸을 띄웠다. 그리고는 만변약수행을 통해 연검이 만들어낸 검기를 모두 흘려보냈다.

적운비는 손가락을 모아 명조의 손목을 찍었다.

이대로라면 비공기가 다시 발현되기 전에 맥문을 잡힐 것이 분명했다.

콰직!

명조는 기괴한 침음을 흘리더니 일부러 손을 쳐들었다. 혈도를 잡히기 전에 스스로 자신의 손목을 으스러트린 것이다.

적운비는 미간을 찡그렸고, 명조는 그 사이 더욱 거리를 벌렸다.

[내가 완성되는 순간 너를 가루로 만들어버리겠다!]

원독함이 가득한 음울한 전음과 함께 명조가 바닷속으로 사라졌다. 하나 놈이 죽지 않았으리라는 것은 불을 보듯 자명했다.

"괴협!"

그 순간 혈인의 외침과 함께 통이 날아왔다.

적운비는 통을 밟고 몸을 띄웠고, 몇 번의 도약 끝에 쾌속선에 오를 수 있었다.

"뭐야? 저 새끼 뭐야?"

혈인의 요란스러운 환대 속에서 적운비는 나직이 한숨을 내셨다.

"쥐새끼가 탔었는데 스스로 내렸네?"

"누구냐니까?"

적운비는 쓴웃음을 지으며 한 마디를 내뱉었다.

"명객이란다."

혈인은 미간을 찡그리며 투덜거리듯 말했다.

"설마 혈마교에서 보낸 자객 같은 건가? 빌어먹을! 어젯밤 꿈자리가 뒤숭숭하더라니…… 역시 해남도를 떠나는 게 아니었어!"

궁상을 떨더니 망상에 빠질 지경이다.

적운비가 혀를 차며 지나치자, 혈인이 뒤따라와 물었다.

"그런데 그건 뭐냐?"

혈인이 가리킨 것은 명조가 떨어트리고 간 연검이었다.

적운비는 잠시 연검을 살폈다.

일견하기에도 범상치 않은 기운이 가득했다.

명조의 손을 떠난 순간부터 부정한 기운은 느껴지지 않았다. 평생 물욕과는 담을 쌓았지만, 내심 눈이 가는 것은 막을 수 없었다.

적운비는 연검을 든 상태에서 내력을 일으켰다.

촤라라락—

그 순간 흐물흐물 거리던 연검이 만년한철이라도 된 것처럼 빳빳하게 솟구치는 것이 아닌가.

'흐음, 감촉도 나쁘지 않고, 무게도 적정하네.'

혜검의 기운과 부딪치고도 흠집 하나 나지 않은 검이 아닌가.

적운비는 내력을 거둔 채 허공에 검을 흔들었다.

촤랑!

손목과 손가락의 미세한 움직임만으로도 의도한 곳으로 꽂혀 든다.

촤라라라랑—

묘한 진동과 함께 춤을 추듯 요동을 치는 연검을 보니 마치 용이 꿈틀거리는 듯하지 않은가.

"뭔데? 뭐야? 그거 어디서 난 건데?"

적운비는 빙긋 웃으며 나직이 말했다.

"앞으로 교룡이라고 부르마."

지이이잉—

그 순간 청명한 검명이 은은하게 퍼져 나갔다.

*　　　*　　　*

적운비는 내색하지 않았지만 입가에서 미소가 사라지지 않았다. 그리고 무릎 위에 올려놓은 교룡검을 틈 날 때마다 쓰다듬었다.

"좋냐? 그렇게 좋아?"

혈인은 술을 병째 들이켜며 구시렁거렸다.

적운비는 대답 대신 어깨를 으쓱거렸다.

"물욕이라고는 없는 놈 같더니…… 저도 사람이구만. 술이나 한잔 하자."

두 사람의 옆에는 술병이 가득했다.

잠시 후 거나하게 취한 두 사람의 곁으로 선장이 다가왔다.

"곧 도착합니다."

적운비는 목소리를 낮추고 말했다.

"제가 부탁드린 것은?"

선장은 말없이 고개를 끄덕였다.

혈인은 그 모습에 시큰둥한 표정을 지었다.

일각 후 쾌속선이 해안에 정박했다.

적운비와 혈인이 창고에 내려갔을 때 독비룡의 모습은 어디에서도 보이지 않았다.

"정말 이래도 되는 거냐?"

"뭐가?"

혈인은 짜증 섞인 말투로 말했다.

"독비룡은 혈마교의 장로잖아. 그리고 여기는 혈마교의 영역이라고. 적을 늘리는 것도 모자라 추격대까지 달고 다닐 셈이냐?"

적운비는 빙긋 웃었다.

"그럴 생각이야."

혈인은 혀를 내둘렀다.

처음 적운비가 독비룡을 풀어주자고 했을 때만 해도 코웃음을 쳤다. 농담이라고 여겼기에 그러자고 흔쾌히 받아주었을 정도였다. 하지만 그것이 진짜라는 것을 알게 되었고, 혈인은 군말 없이 동참해야 했다.

"장문인께서도 알고 계시는 거야?"

적운비는 고개를 끄덕였고, 혈인은 그럴 줄 알았다는 듯 혀를 찼다.

"아! 나는 모르겠다. 정말 괜찮기는 한 거냐?"

"안 괜찮을 건 뭐가 있어?"

"독비룡이 너에 관한 모든 걸 전했다고 생각해봐. 네 뜻대로 해남도가 아닌 너를 쫓겠지. 한데 네가 그걸 막아낼 수 있겠어?"

적운비는 빙긋 웃으며 혈인을 가리켰다.

"우리겠지."

"야! 이 새끼야!"

* * *

적운비와 혈인은 광서성의 성도인 남녕 땅에 이르렀다. 해안과 인접한 흠주에서 하루 만에 도착했으니 경공을 펼치며 바쁘게 움직인 것이다.

한데 남녕 인근에 도착한 두 사람은 느긋하게 주변 풍광을 구경하며 걸음을 옮겼다.

물론 적운비에게만 해당하는 사항이었다.

"조금만 더 가면 남녕이야. 갑자기 왜 천천히 가야 하는 건데?"

"쯧쯧. 죽기 전에 다시 오기 힘든 땅이잖아. 나도 구경 좀 하자."

혈인은 콧김을 내뿜으며 툴툴거렸다.

"거짓말! 여유랑은 담을 쌓은 네놈이 갑자기 신선놀음이라니! 말도 안 되는 핑계 대지 마."

적운비는 주머니를 흔들며 웃었다.

"여유 있게 살자."

"여유는 개뿔!"

혈인은 툴툴거리면서도 적운비의 뒤를 따랐다.

'때가 되면 알겠지.'

이제는 조금씩 순응하는 법을 깨우친 혈인이었다.

남녕은 변경과의 경계를 위한 방어도시의 성격이 강했
다. 그렇기에 성 내에는 주거지역이 대부분이었고, 위락시
설은 성 밖에 밀집되어 있었다.

주루와 객잔, 기루가 몰려 있는 저자에 들어서자 사방에
서 호객하는 외침이 귀를 찔렀다.

적운비는 주변을 두리번거리다가 허름한 객잔으로 들어
섰다.

"기왕 먹으려면 좀 좋은 곳에서 먹자! 돈 많다고 여유 있
게 살자며!"

적운비는 모르쇠로 일관했다.

'키우는 개한테도 이리 박정하게 대하지는 않겠다!'

객잔의 분위기는 보이는 그대로였다.

계산대에서 졸고 있는 주인과 창밖을 쳐다보며 넋을 놓
은 점소이가 전부였고, 객잔의 탁자에는 음식 찌꺼기가 다
분했다.

혈인은 빨리 나가고 싶은지 손가락 두 개를 펴며 외쳤다.

"소면 두 그릇."

점소이는 지저분한 걸레로 탁자로 한 번 훔치더니 고개

를 끄덕이며 주방으로 향했다.

"저런 기본도 안 된 놈!"

하나 적운비는 신기한 것이라도 본 사람처럼 객잔을 두리번거렸다. 객잔 주인은 잠시 눈을 떴다가 이내 다시 잠을 청했다.

"영업을 하겠다는 거야? 말겠다는 거야? 망하지 않는 게 이상하군."

혈인의 말에 적운비는 옅은 미소를 지었다.

"그러게 말이다."

잠시 후 점소이가 소면 두 그릇을 내왔다.

객잔과 어울리게도 이가 빠진 그릇에 담겨 있었고, 육수에는 기름이 가득했다.

혈인이 미간을 찡그리며 한 소리 하려는 순간 적운비가 탁자 위에 손톱만 한 금자 서너 개를 올려놓았다.

"이거 환전 좀 해줄 수 있나?"

점소이는 금을 보더니 화색을 띠며 고개를 끄덕였다. 그러고는 주인이 깨는 것을 우려했는지 목소리를 한껏 낮추며 말했다.

"물론입죠!"

적운비는 빙긋 웃으며 손을 떼자, 점소이가 슬그머니 소매로 밀어 넣었다.

"천천히 드시고 계시면 바꿔오겠습니다."

점소이가 객잔 밖으로 나선 후 혈인은 미간을 찡그리며 윽박을 지르듯 말했다.

"야! 미쳤어? 저놈한테 뭘 믿고 금을 줘?"

적운비는 코웃음을 쳤다.

"몇 푼이나 한다고 좀스럽게시리!"

혈인은 그 순간 흠칫 놀라더니 입꼬리를 올렸다.

"크큭, 역시 꿍꿍이가 있구나. 뭐야? 나한테도 얘기 좀 해 줘 봐."

"넌 몰라도 돼."

잠시 후 점소이는 금을 은으로 바꿔왔다. 부스러기 몇 개를 주니 헤죽거리며 대접이 좋아졌다.

적운비와 혈인은 소면을 먹는 둥 마는 둥하며 객잔을 떠났다.

"그냥 돈 바꾸러 들어간 거였어? 저기서 돈 바꿔주는 건 어떻게 알았고?"

"노대가 가르쳐줬어. 객잔이나 기루의 벽에 표시가 있다고 말이야."

적운비는 대수롭지 않게 대꾸했고, 혈인 또한 그러려니 하고 넘어갔다. 하나 두 사람이 성 내로 들어서기도 전에 사달이 일어났다.

험상궂은 사내 십여 명이 두 사람의 앞을 막아선 것이다.

혈인은 눈을 가늘게 뜨고 검배에 손을 올렸다.

"뭐야? 혈마교냐?"

그 순간 사내들 사이에서 폭소가 터져 나왔다.

"크하하! 내가 뭐랬어? 외부에서 온 뜨내기라고 했잖아. 혈마교의 영역이라고 모두 혈마교도라고 생각하는 건가?"

"그럼 어딘데?"

혈인의 물음에 사내들은 시선을 교환했다. 그러고는 다시 한 번 폭소를 터트렸다.

"크하하하! 저거 바보 아냐? 네가 물어보면 우리가 순순히 대답할 것이라 여긴 거냐?"

"포교는 오지 않을 테니 쓸데없이 시간 끌지 말고 전낭이나 내놓거라."

"전낭? 지금 강도짓을 하겠다는 거냐?"

스릉—

사내들은 대답 대신 비수를 뽑았다.

혈인은 헛웃음을 흘리며 고개를 내저었다.

"삼류 잡배 따위가 감히 이 몸을 털어보시겠다?"

"닥쳐라!"

사내가 비수를 흔들며 외치는 순간 혈인은 이미 지척에 이른 후였다. 손날로 턱을 비껴 치는 순간 사내의 동공이

풀렸고, 뼈가 없는 사람처럼 흐물흐물 거리며 주저앉아야
했다.

[살살해라]

적운비의 전음에 혈인은 미간을 찡그렸다.

하나 움직임은 눈에 띄게 느려졌고, 그제야 사내들이 눈
을 휘둥그레 뜨며 탄성을 내뱉었다.

"어?"

혈인은 손날을 검 삼아 내질렀다. 그러니 그것은 발검하
는 것과 다를 것이 없다. 이내 땅을 쓸 듯이 원을 그리며 회
전했고, 거리를 내준 사내들은 손쓸 틈도 없이 나자빠졌다.

혈인은 손을 털며 코웃음을 쳤다.

"이것들이 어디서 패악질을 하고 난리야!"

두목으로 보이는 사내가 신음을 흘리며 저주하듯 소리쳤
다.

"내 동료들이 복수해 줄 거다!"

혈인은 키득거리며 사내를 노려봤다.

"그래? 그럼 기다릴 것 없이 너네 소굴로 가자."

하나 사내는 혈인의 무위가 마음에 걸렸는지 입을 닫았
다. 결국 혈인이 다시 손을 쓰려는 순간 적운비가 한숨을
내쉬며 나섰다.

"이것 참, 이런 의도는 아니었는데……."

"뭐가?"

적운비는 입맛을 다셨다.

"내가 중천마를 사고 싶은데 어디서 살 수 있나요?"

혈인은 영문 모를 소리에 눈을 끔뻑였지만, 사내는 눈을 가늘게 뜬 채 적운비를 살폈다.

그러고는 잠시 후 시큰둥한 어조로 말했다.

"중천마야 아무 데서나 살 수 있지."

적운비는 빙긋 웃으며 말을 이었다.

"몇 문이면 될까요?"

사내는 눈을 휘둥그레 떴다.

'몇 문은 특급 고객이나 아는 밀어인데……'

그는 잽싸게 몸을 일으켰다. 그러고는 끙끙 앓고 있는 수하들을 걷어차며 소리쳤다.

"엄살 피우지 말고 일어나! 손님 받아라."

혈인은 눈을 끔뻑일 수밖에 없었다.

'이것들이 나만 빼놓고 무슨 지랄을 하는 거지?'

사내는 적운비를 향해 허리를 굽혔다.

"저쪽에서 의논하시지요."

혈인은 사내를 뒤따르는 적운비를 쫓아가 물었다.

"야! 이게 다 뭐야?"

적운비는 대수롭지 않게 대꾸했다.

"하오문의 접선 방법이라던데? 외부인과는 거래를 하지 않으니까 금을 보여 주면 알아서 찾아올 거라고 하더라."

"누가?"

"노대가."

"그럼 나는 뭐한 거냐?"

적운비는 혀를 차며 고개를 내저었다.

"쯧쯧, 성질 좀 죽이고 다녀라. 그래가지고서야 어디 같이 일 할 수 있겠냐?"

혈인은 짜증으로 인해 온몸을 부르르 떨었다.

하나 짜증보다 앞서는 것이 바로 호기심이 아니던가. 결국 적운비에게 낚일 것을 알면서도 묻지 않을 수가 없었다.

"중천마는 뭐냐? 말이야? 그런데 말을 구리문으로 사? 은자는 줘야 할 텐데……."

"혈마교주의 아들이라 그런가? 세상 물정 모르는구나."

"크흑! 너한테 듣고 싶지는 않다!"

해가 중천에 떴을 시간이 오시였고, 십이지지 중 말을 뜻하는 것이 오(午)였으니 중천마(中天馬)란 곧 하오문을 달리 이르는 밀어였다.

사내는 수풀에 가려진 문을 통해 성내로 들어섰다. 그리고 골목을 몇 번이나 지나친 후에 작은 객잔이 모습을 드러냈다.

철문의 중간 부분이 슬며시 열리더니 험상궂은 눈매가
나타났다.

"뭐여?"

"손님."

"얘기 못 들었는데?"

사내는 목소리를 낮췄다.

"특급이야! 누적 건수만 백 건이 넘는 특급 고객의 추천
을 받은 사람이라고."

철문 안쪽에서 나직한 대화가 이어졌다.

"그래도 암어를 대지 않으면 열어줄 수 없어."

사내는 적운비를 돌아보며 미안한 표정을 지었다.

"헤헤, 죄송합니다. 문지기 주제에 꽉 막혀서리…… 아
무래도 암어를 대주셔야 할 것 같은데요."

적운비는 어깨를 으쓱거렸다.

혈인은 그 모습에 코웃음을 치며 앞으로 나섰다.

"쯧쯧, 마무리가 허술하군. 이 형님이 해결해 주지."

철컹!

혈인이 철문을 두드리자 다시 한 번 험상궂은 눈매가 나
타났다.

"새벽에 배가 아프면 나뭇잎을 먹어야지."

"……"

사내가 눈을 끔뻑이자, 혈인은 헛기침을 하며 다시 한 번 읊조렸다.

"허험! 새벽에 배가 아프면……."

철컹!

암어를 끝내기도 전에 문이 닫혔다.

그리고 문 너머에서 시큰둥한 한 마디가 들려왔다.

"그딴 걸 왜 먹어? 그리고 그건 하오문이 아니라 궁가방의 암어다."

혈인은 얼굴을 붉히며 적운비의 눈치를 봤다.

한데 적운비는 지그시 눈을 감은 채 생각에 잠겨 있는 것이 아닌가. 혈인은 슬그머니 전낭에서 은자를 한 움큼 꺼냈다.

"이거면 되겠지?"

"여기가 무슨 동네 구멍가게인줄 알아!"

그 순간 적운비의 나직한 한 마디가 들려왔다.

"비켜."

"응?"

그 순간 혈인은 눈을 부릅뜨며 황급히 물러섰다. 그가 서 있던 자리를 장력이 스쳐 간 것이다.

쩡!

적운비의 일장에 철문의 중심부가 패였다.

"미, 미친! 너 이 새끼! 뭐 하는 짓이야? 적이다! 적이야!"

사내의 경고로 철문 너머가 분주해졌다.

하나 적운비는 고개를 갸웃거리며 자신의 손과 철문의 거리를 비교하고 있었다.

"흐음, 파괴력은 떨어지네. 그렇다면 이쪽으로!"

사내는 비웃듯 입꼬리를 올렸다.

"크큭! 강철로 만든 문이 그리 쉽게……."

콰콰쾅!

적운비의 일장이 두들기는 순간 철문은 종잇장처럼 찢겨나갔다. 양의심공 중 양강지기인 건양대천공을 극성으로 운용한 것이다.

"야! 이게 무슨 짓이야?"

혈인은 기겁을 했는지 버럭 소리를 질렀다.

하나 적운비는 굳은 표정으로 걸음을 내디뎠다.

'안에 비공기를 익힌 놈이 있어!'

*　　*　　*

하오문은 점조직으로 운영되다 보니 상하 고리가 생각보다 느슨했다. 그것이 변방의 지부라면 더욱 그러할 것이다.

남녕지부장은 그런 면에서 평범했다.

상부에 상납을 게을리하지 않는 한편 드러나지 않게 재물을 축재했다. 하루의 절반은 출렁거리는 배를 만지고, 나머지 시간에는 금고에 쌓여 있는 은자를 생각하며 보내는 그였다.

그러니 타종소리가 세 번 울렸을 때 가장 먼저 한 일은 금고를 챙기는 것이었다.

습격을 알리는 타종은 지부 폐쇄가 원칙이다.

부평초와 같은 삶을 사는 것이 하오문도다 보니 폐쇄는 그리 낯선 단어가 아니었다.

그는 서류를 파기하고, 불태우는 대신 은자를 챙겼다.

"니미! 적당히 전장에 넣어둘걸!"

수수료를 아끼려다 전 재산을 잃게 될 판국이다.

은자를 챙기는 손놀림이 빨라질수록 욕 또한 늘어갔다.

그 순간 타종소리가 한 번 더 울렸다.

지부장은 혀를 차며 봇짐을 둘러맸다.

퇴각 종이 울렸으니 적은 파죽지세로 지부장실을 찾아올 것이다.

그 전에 도주해야 했다.

그러나 적은 지부장의 예상보다 빨랐다.

그가 화섭자를 던지려는 순간 문이 폭발하듯이 터져 나

간 것이다. 동시에 강맹한 기운이 실린 지풍이 지부장을 향해 꽂혀 들었다. 하오문의 일개 지부장으로서는 감당할 수 없는 위력이었다.

하나 지부장의 신형이 흩어지더니 한순간 창가로 이동했다.

쾅!

적운비는 어느새 창가에 앉아 지부장을 내려다보고 있었다.

"어디를 그렇게 급히 가시나?"

지부장은 놀란 표정으로 울상을 지었다.

"누, 누구요? 우리한테 왜 이러는 것이오?"

적운비는 잠시 지부장을 향해 손을 내저은 후 먼지를 걸어냈다. 지풍을 날린 혈인은 문가에 서서 시큰둥한 표정을 짓고 있었다.

적운비는 혈인을 향해 눈을 찡긋거렸다.

"잘했어."

"칭찬하지 마!"

지부장은 대화에서 철저하게 고립됐다.

적운비는 그런 지부장을 향해 빙긋 웃으며 물었다.

"아까 뭐라고 했지요?"

"왜 이런 짓을 하냐고 물었소."

지부장은 억울함이 가득한 표정으로 대꾸했다.

"아! 원래는 정보를 좀 사러 왔지. 남녕 근처에서 이상한 일은 없는지, 요즘 잘나가는 무인이 누구인지 말이야."

"그거라면 돈으로 다 해결이……."

적운비는 전낭을 흔들었다.

"그러려고 했지. 그런데 말이야."

적운비의 표정에서 점점 미소가 사라졌다.

"입구에서부터 악취가 나더라고."

비공기는 자연지기를 없앤다. 자연지기로 순환하는 적운비로서는 악취와 다를 바가 없었다.

"누구냐?"

지부장은 여전히 억울한 표정을 유지했다. 하나 적운비의 다음 말에는 한순간 표정을 굳혔다.

"암객이냐?"

"그게 뭔데?"

혈인이 고개를 갸웃거리는 순간 지부장의 눈동자가 검붉게 물들었다.

적운비는 그 모습에 혀를 찼다.

"혈객이냐? 비공기가 움찔하는 걸 보니 혈객이군. 아! 비공기를 알고 있는 게 놀랍냐?"

지부장에게는 배 나온 촌부라고 볼 수 없을 만큼 음습한 살기가 넘실거렸다.

적운비는 그 모습에 미소를 지었다.

"고맙다는 말을 해야겠어. 네가 없었다면 한동안 정보를 찾아 헤맸어야 하거든."

"크흑!"

"근처만 가도 비공기가 느껴지니 정말로 유람하듯 돌아다녀야겠군."

"크아핫!"

혈객은 괴성과 함께 몸을 날렸다.

비공기에 대한 성취가 낮다.

보니 운기하는 동시에 이성을 잃어버린 것이다.

그러나 기세 좋게 달려든 것과 달리 적운비의 손짓 한 번으로 나가떨어져야 했다.

"뭐해? 같은 혈 씨끼리 붙어 보라고."

혈인은 적운비의 언행에 어처구니가 없어서 짜증을 담아 외쳤다.

"혈 씨가 어디 있어!"

그러나 적운비는 요지부동이었다.

"앞으로 저런 녀석들 찾으러 다녀야 해. 밥만 축내고 싶지 않으면 실력을 보여달라고."

"해도 내가 해! 명령하지 말라고!"

혈인은 싫은 기색이 역력했지만, 결국 검배에 손을 올렸다.

그 사이 튕겨 나갔던 혈객이 다시 한 번 달려들었다. 이번에는 혈인이 앞을 막아섰고, 한호흡에 발검했다. 적운비로 인해 짜증이 머리끝까지 치민 상태가 아니던가.

파랑대기격을 운용하니 발검하는 순간 진동과 함께 회전이 시작됐다. 그리고 그것은 혈객의 수강을 단칼에 잘라 버렸다.

"크아아악!"

혈인은 쏟아지는 핏물을 피해 자세를 한껏 낮췄다.

그러고는 혈객의 품으로 몸을 날렸다.

퍽!

검 손잡이 끝으로 혈객을 두들겨 밀어냈다.

혈인은 밀려난 혈객을 쫓아가며 다시 한 번 발검했다. 가섬발제가 작렬하는 순간 혈객의 가슴이 십자로 잘렸다.

"이 정도면 됐냐? 이런 놈은 나한테 식전 운동 정도밖에 안 된단다."

적운비는 웃으며 말했다.

"멋진걸? 그런데 땀을 뻘뻘 흘리면서 말하는 건 조금 웃기지 않냐?"

"닥쳐!"

                    *   *   *

태상은 오랜만에 흥미로운 미소를 보이고 있었다.

"오랜만이구나."

맹주전 입구에는 서 있는 사람은 남궁세가에 있어야 할
제갈소소다. 그녀는 감정 없는 인형처럼 딱딱한 어투로 대
꾸했다.

"그간 별고 없으셨나요."

"아침에 일어날 때마다 오늘 해야 할 일을 머릿속으로
정리한단다. 하지만 네가 찾아오는 것은 예정에 없던 일이
야. 그것이 별고라면 별고겠지."

"심려를 끼쳐드려 죄송합니다."

"가족끼리 그럴 것 없다. 찾아온 이유는?"

태상의 말에 제갈소소는 시선을 마주한 채 나직이 말했
다.

"제가 필요하시다 들었습니다."

황제의 비빈으로 들어가는 건이다.

태상은 놀란 기색 없이 되물었다.

"네가 어찌 그것을 알았을꼬?"

"황실과의 관계가 깊다함은 이미 소문이 자자합니다. 제

가 아는 태상이시라면 직인이 찍힌 종이 쪼가리보다는 혈연으로 묶이시는 쪽을 택할 것이라 여겼습니다."

"클클, 남궁가로 가서 영 못 쓰겠다 싶었는데, 그래도 본가의 피가 남아 있기는 하구나."

제갈소소는 태상의 조소에도 허리를 숙여 간곡히 부탁했다.

"태상의 뜻을 따를 테니 부디 남궁가를 그냥 내버려 두시옵소서."

"내가 네 말을 들어줄 듯싶으냐?"

"제갈세가의 위상은 해와 같고, 남궁세가는 반딧불처럼 하루가 위태롭습니다. 태상께는 소일거리에 불과하실 테니 그저 간곡히 청할 따름입니다."

"클클, 네가 나를 평가하는구나."

"소녀가 어찌 그런 무례함을 범하겠나이까."

태상은 싱글벙글 웃으며 제갈소소를 내려다봤다.

그러지 않아도 황제의 교지를 받은 중서사인의 내방 날짜가 잡힌 상태였다. 교지를 받을 때 비빈으로 들일 손녀를 정해야 했다. 한데 제갈수련을 보내기가 내심 아까웠던 참이 아니던가. 그러니 제 발로 걸어온 제갈소소를 보며 웃음을 참을 수가 없었다.

"흐음, 어쩌면 좋을까? 파혼이라도 해야 하는 걸까?"

태상은 작금의 상황을 즐기듯 말꼬리를 늘였다.

제갈소소는 더욱 고개를 조아리며 태상의 결정을 기다려야 했다.

'가가.'

약해지는 마음을 다잡기 위해 연인을 떠올려야 하는 불합리함 속에서 시간은 서서히 흘러갔다.

'가가.'

*   *   *

제갈수련은 오랜만에 기분 좋은 미소를 보였다.

전날 태상의 직속인 상천의 무인을 포섭했다.

그것도 그토록 바라던 대검백이 함께하기로 뜻을 모은 것이다. 없는 시간을 쪼개서 천룡학관에 드나든 보람이 있었다.

"기분 좋으신가 봐요?"

이중의 말에 제갈수련은 고개를 끄덕였다.

"당연하지. 사람이 죽으라는 법은 없다더니…… 오랜만에 하늘이 나를 돕는구나."

"호호, 그렇게 좋으시다니 저도 좋네요."

제갈수련은 눈을 빛내며 말했다.

"강호는 뭐니 뭐니 해도 힘이야. 지혜는 선택지를 제시하고, 힘은 선택을 할 수 있게 만들지. 이제야 태상에게 대적할 수 있는 최소한의 패가 모인 거야."

"이제 어쩌실 건가요?"

"장로들을 은밀하게 포섭하고, 하급 무인들로부터 불만이 올라오게 만들어야 해. 우리에게는 명분이 있잖아? 협의지심의 부흥! 이거면 시간은 걸릴지 몰라도 확실히 먹힐 거야."

"실각이군요."

제갈수련은 쓴웃음을 지었다.

"천룡맹 내부에서 분열이 일어나면 사태천이 군침을 흘릴 거야. 태상을 꺾겠다고 정마대전을 일으킬 수는 없잖아. 안 그래?"

"아가씨는 여전히 여려요. 승리하기 위해서는 전쟁도 불사해야 한다고요."

"피해는 최소한으로 줄여야 해."

이중은 대꾸하려다 잠시 귀를 쫑긋거렸다.

"뭔데? 새로운 소식이라도 들어왔어?"

제갈수련의 말에 이중은 더듬거리다가 힘겹게 말했다.

"방금 비서당에서 들어온 소식인데요. 작은 아가씨가 세가로 돌아오셨답니다."

"소소가? 소소가 왜?"

"모르겠어요."

제갈수련은 자리를 박차고 일어났다.

"태상이 알기 전에 막아야 해."

그러나 처소를 나서기 전 이중의 목소리가 들려왔다.

"작은 아가씨는 맹주전으로 가셨어요."

"뭐라고?"

제갈수련은 맹주천의 문을 산산조각 낼 기세로 들이닥쳤다. 한데 단상 위에 앉은 태상을 제외하고는 개미 새끼 한 마리도 찾을 수가 없었다.

"요즘 바쁠 텐데 어인 일이더냐?"

태상의 뼈있는 한 마디에 제갈수련은 흠칫 놀라며 물러섰다. 그러나 이내 마음을 다잡고 날카로운 어조로 물었다.

"소소는요?"

"갔다."

"어디로요?"

태상의 입꼬리가 올라갔다.

"네가 알 바 아니지."

"도대체 무슨 짓을 하신 거예요. 소소는! 소소는 건드리지 않겠다고 하셨잖아요."

태상은 의자에 깊숙이 몸을 누였다.

그러고는 나직이 한 마디를 내뱉었다.

"작은 점에 연연해서야 어디 큰 그림을 그릴 수 있겠느냐?"

제갈수련은 태상의 의미심장한 말에 주먹을 쥔 채 떨었다. 제갈소소가 태상의 주머니로 들어간 이상 강제로 끄집어내기란 불가능에 가까웠다.

'내 계획을 아나? 그런데 왜 가만있는 거지?'

태상의 여유로운 시선조차 이제는 따갑고, 뜨겁게 느껴졌다.

불과 일각 전만 해도 여유로움에 젖어 있던 그녀가 아니던가. 하나 지금은 검극이 턱밑까지 쇄도한 듯한 압박감에 휩싸인 상태였다.

'계획을 앞당겨야 해.'

*　　　*　　　*

쾅!

사 층 높이의 거각의 상층부가 폭발했다.

그리고 폭연 속에서 튀어나오는 두 개의 그림자가 있었다.

"뭐야? 사람이 폭발하기도 해?"

"비공기가 역류해서 그래."

적운비는 일 층까지 곧장 내려온 반면 혈인은 중간에 처마를 밟고 속도를 늦춰야 했다.

혈인은 얼굴을 구기며 소리쳤다.

"그런 걸 왜 이제 얘기해 주는데!"

"하하하! 나도 몰랐지."

"젠장! 죽다 살아났네."

적운비는 담장을 넘으며 엄지를 추켜세웠다.

"그래도 암객을 잡았잖아. 축하한다!"

"칭찬하지 말라고 했지!"

두 사람은 담장을 넘자마자 폭음에 놀라 뛰쳐나온 무인들과 맞닥뜨렸다.

"어쩌지?"

적운비는 히죽 웃으며 눈짓을 했다.

"도망치자!"

"왜?"

"암객 주제에 인망이 대단하더라. 위장을 잘하고 살았나 봐. 그러니 애꿎은 사람들하고 싸울 것 없이 그냥 가자!"

혈인은 시큰둥한 표정을 지었다.

"젠장. 면 안 살게, 이게 무슨 꼴이야!"

어느새 부쩍 멀어진 적운비의 웃음이 이어졌다.

"하하하! 천하를 위한 길이라고! 그러니까 튀자!"

"내가 명령하지 말랬지!"

第十章
금선강기(金禪罡氣)

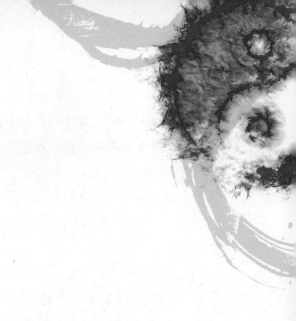

혈마집회가 열리는 혈총은 외관부터 음산한 기운이 물씬 풍기는 구조로 지어졌다. 그러나 장로들의 분위기가 가라 앉은 것은 비단 음산함 때문은 아닐 것이다.

혈마교주 혈천휴를 중심으로 좌측에 집회원주가 앉았고, 우측에 마맥의 대표인 마대룡이 앉았다.

세 사람은 침묵을 지켰고, 휘하 장로들 역시 꿀 먹은 벙 어리처럼 자리를 지켰다.

집회원주가 혈천휴의 눈치를 보며 입을 열었다.

"한 달, 벌써 한 달이다. 괴협이라 불리는 미친놈에게 혈 마교가 농락당한 시간이 벌써 한 달이야! 한데 놈의 정체조차 밝히지 못했으니 이 일을 어떻게 책임질 텐가?"

장로 중 몇 명이 시선을 피하거나, 고개를 숙였다.

모두 괴협에게 큰 피해를 입은 지역의 책임자들이었다. 그들이라고 괴협의 행보를 좌시했을 리가 없지 않은가.

괴협을 잡기 위해 정보력을 총동원했다. 하나 수하들을 파견해도 괴협은 이미 떠난 후였고, 뒷수습을 하는데 만족해야 했다.

그런 일이 벌써 수십 번이다.

그러니 저들이 고개를 들지 못하는 것도 당연했다.

혈천휴의 우측을 지키던 마대룡이 일갈을 내질렀다.

"도대체 괴협이 누군가? 아니! 정체는 그렇다 치고 어째서 본교를 공격하는 것인가? 그것조차 밝혀내지 못했단 말인가!"

장로들은 대부분 두세 가지 직위를 겸직한다.

그중 정보를 책임지는 혈염단주가 한숨을 내쉬며 말했다.

"본교의 지부나 핵심 시설을 공격했다면 추론이라도 할 수 있을 겁니다. 한데 놈은 지부, 상단, 도방, 기방을 가리지 않아요. 마치 살생부를 만들어 복수하는 놈처럼 말입니다. 그러니 놈의 행동을 예측하기가 불가능합니다."

"그렇다면 개인적인 원한이란 말인가? 죽은 자들의 공통

점은 찾았는가?"

"죄송한 말씀이지만, 혈염단의 추측일 뿐 사실관계는 확인할 수 없습니다."

마대룡은 다시 한 번 분노를 토해냈다.

"본교가 고작 미꾸라지 한 마리로 이 수모를 겪는단 말인가? 하오문을 통제하고 있으니 망정이지 강호에 소문이라도 나면 어찌 얼굴을 들고 다닐 수가 있겠는가!"

혈천휴는 장로들을 응시하다가 눈매를 찡그렸다.

귓가에 흘러들어온 한 줄기 전음 때문이다.

그는 마대룡을 향해 말했다.

"마 장로가 해결하시는 것이 어떻겠소?"

마대룡은 혈마교의 타격대 셋을 거느린다.

한데 혈천휴는 타격대가 아니라 마대룡을 직접 언급했다. 그 말은 곧 마맥을 움직이라는 말이나 다름없었다. 당연히 마대룡은 마뜩잖은 표정을 지으며 딴청을 피웠다.

"크흠, 용을 잡는 것이라면 모를까 피라미를 잡으려 마맥을 움직인다는 것은 좀……."

"부교주의 자리를 주겠소."

마대룡은 눈을 부릅뜨며 되물었다.

"진심이십니까?"

"나 혈마교주요."

혈천휴의 말에 마대룡이 비릿한 혈소를 머금었다.

"이달이 가기 전에 괴협이라는 피라미의 목을 진상하리다."

"믿겠소."

혈천휴는 처소에 들어서자마자 나직이 읊조렸다.

"데리고 오라."

잠시 후 혈천휴의 동생이자, 당대 혈맥의 대표인 혈기량이 초췌한 몰골의 사내와 들어섰다.

고개를 든 사내는 적운비가 놓아준 독비룡이다.

"장로 독비룡이 교주께……."

그 순간 엄청난 거력이 독비룡의 몸을 강제로 일으켰다. 독비룡은 전신을 찌릿하게 만드는 마기에 신음을 흘렸다. 그런 그의 귓가에 혈마교주의 서늘한 한 마디가 꽂혀 들었다.

"고하라. 네가 보고, 들은 모든 것을 고하라."

독비룡은 오체투제를 한 채 연노를 쏘듯 쉴 새 없이 입을 열었다. 그의 입에서 전후사정이 흘러나올수록 혈천휴의 미간은 일그러졌다.

하나 흘러나오는 목소리는 여전했다.

"수고했다. 다시 부를 때까지 쉬거라."

독비룡이 떠난 후 혈기량이 다가왔다.

"대사형."

호칭으로 보아 그 역시 암객 중 한 명일 터였다.

"죽여라. 결코 해남도에서 있던 일이 밖으로 새어 나가면 안 돼."

혈기량은 처소 밖의 수하들에게 전음을 보냈다. 그러고는 의아한 표정으로 물었다.

"하면 해남도는 그냥 두실 생각입니까?"

"어차피 계륵이다. 무인 천 명이 해안가에서 진을 치고 있다면 교의 힘을 상당 부분 포기해야 해. 혈마교가 존재 의미를 잃었다지만, 사부께서 돌아오실 때까지 사태천은 유지되어야 한다."

"하기는 사부님이 오신다면 해남도 따위는 문젯거리도 되지 않지요."

"해남도는 이미 불가침영역을 선포했어. 혈마교의 장로들에게 좋은 핑계가 될 거야."

혈기량이 두툼한 문서를 내밀며 혀를 찼다.

"이건 아무리 봐도 노렸다고 봐야겠군요."

혈천휴는 혈기량이 내민 문서를 받았다. 문서에는 괴협이 지금껏 척살한 명단이 적혀 있었다.

"암객 여덟, 혈객 서른일곱이라……."

"불과 한 달 사이에 사부께서 만들어 주신 전력의 삼 할이 사라졌습니다. 도대체 놈이 암객과 혈객의 정보를 어떻게 얻은 것일까요?"

혈천휴는 침음을 삼켰다.

"독비룡의 말처럼 냄새를 맡았는지도 모르지."

"그런 일이 가능할 리가 없지 않습니까?"

"불멸전생은 가능한 줄 알았더냐? 네가 모른다고 불가능한 것은 없어."

혈기량은 겸연쩍은 표정으로 화제를 돌렸다.

"놈을 그대로 두면 혈마교가 문제가 아닙니다. 사부님의 대업에도 차질이 생길 것이고, 그렇다면……."

"내 자리도 위험해지겠지."

혈천휴는 침음을 흘리며 생각에 잠겼다.

"비공기를 아는 것은 물론이고, 감지해내는 능력까지 있어. 단순히 강하기만 해서 될 일이 아니야."

"짚이시는 곳이 있습니까?"

"사부께서 불멸전혼대법을 펼치신 곳은 무당이라 들었다. 구룡검제와 검천위가 상대였지."

"구룡검제는 큰 위협이 되지 않으셨을 겁니다."

"불멸전혼대법은 역천이나 다름없다. 그렇기에 놈들은 불도로 막으려 했지."

혈기량은 눈을 휘둥그레 떴다.

"독비룡의 말에 따르자면 불가는 아니었습니다."

혈천휴의 입매가 비틀어졌다.

"무당이다. 무당의 후예야."

"무당은 봉문했습니다."

"비가 오면 피하는 것이 상책이다. 어쩐지 봉문 얘기를 들었을 때부터 무당의 말코들답지 않다는 생각이 들었어."

"하면 어찌하시렵니까?"

혈천휴의 혈소가 더욱 짙어졌다.

"만안당주에게 서찰을 보내라. 그를 통해 이사제에게 황궁을 움직이라고 해."

혈기량의 입꼬리가 올라갔다.

"태상은 황실에 목을 매고 있으니 시키는 일이라면 마다하지 않겠군요."

"그게 숙적이나 다름없는 무당파라면 기꺼이 나서겠지. 무당이 사특한 짓으로 민심을 흐리고 있으니 날을 잡아 징치하라고 이르거라. 괴협이 무당의 제자라면 사문의 위기를 좌시하지 않겠지."

"크큭, 그러면 모습을 드러낼 수밖에 없겠군요."

혈천휴의 눈에서 혈광이 터져 나왔다.

"네가 뭘 해야 할지 알겠지?"

혈기량은 고개를 끄덕였다.

"마태룡의 휘하에 암객을 붙여놓았습니다. 그가 마맥을 호북으로 통하는 관도로 인도할 겁니다. 덫을 치고 있으면 괴협은 알아서 나타날 것입니다."

"마맥 따위만 믿고 기다릴 수는 없다. 네가 직접 그놈의 목을 가져 오너라."

"존명!"

혈기량의 눈동자가 검붉게 번들거렸고, 이내 안개처럼 흩어져 사라졌다.

*　　*　　*

천괴는 이제 눕지 않는다.

그는 좌정한 채 반야만륜겁을 상쇄시키기 위해 비공기를 운기했다.

이제 하루의 대부분을 제 모습으로 보내는 천괴다.

여전히 정오와 자정을 기해서 붕괴가 진행되지만, 운신에는 무리가 없을 정도였다.

한데 그는 일어나지 않는다.

그저 좌정한 채 하루 종일 운기를 할 뿐이다.

간간이 입꼬리를 올리는 것으로 보아 주화입마가 아니라

는 정도만 확인할 수 있을 터였다.

만안당주로서는 좌불안석일 수밖에 없었다.

'분명 깨어나실 때가 지났는데……'

천괴가 깨어나야 불멸전혼의 과정을 지켜볼 수 있지 않겠는가. 이제 약을 지을 필요도 없고, 심부름을 할 필요도 없다. 그는 일선에서 물러난 촌부처럼 천괴를 지켜보며 하릴없이 하루를 보내야 했다.

'도대체 무슨 일이 벌어지는 건가?'

차라리 천괴의 상황이 악화됐다면 할 일이라도 있을 터였다.

쿠쿠쿠쿠쿠쿠쿵!

비동이 무너질 것처럼 요동을 쳤다.

만안당주는 눈을 휘둥그레 떴다.

홍조를 띨 정도로 안정적이던 천괴의 얼굴이 일그러지기 시작했다. 살과 피가 뒤섞여 녹아내렸고, 뼈가 보일 정도로 얼굴이 붕괴됐다.

"사, 사부님!"

만안당주가 급히 조치를 취하려 했다.

하나 그는 천괴의 침상에 다가서지 못했다.

반쯤 녹아내린 입꼬리가 치솟은 것을 확인한 것이다.

'뭐지?'

만안당주가 의아해하는 사이에도 비동의 천장에서 먼지와 석재가 떨어졌다. 당장이라도 무너질 것처럼 위태로웠다.

제아무리 만안당주라고 해도 탈출을 염두에 둬야 했다. 한데 그 순간 좌정한 채 앉아 있던 천괴의 두 눈에서 금빛 광채가 폭발하듯 터져 나왔다.

"크아악!"

섬광은 마치 영혼을 들쑤시는 것처럼 전신을 파고들었다. 만안당주는 비명을 지르며 눈을 감쌌다.

그리고 잠시 후 그가 눈을 떴을 때에는 너무 놀라서 다시 감지 못했다. 고금(古今)을 통틀어도 눈앞에서 펼쳐진 기사를 설명하지 못할 터였다.

천괴의 눈에서 튀어나온 금빛 광채는 흩어지지 않았다. 오히려 뱀처럼 길게 늘어진 채 허공을 유영하고 있었다.

만안당주는 생각지도 못한 기사에 넋을 놓았다.

그때 천괴가 입을 열었다.

"신기하지?"

영음을 토해내며 분노하던 천괴는 이제 없다.

얼굴은 재생과 붕괴가 쉼 없이 이어졌지만, 목소리만은 부드러웠다. 악기를 연주하는 것처럼 부드러운 목소리에 만안당주가 더듬거리며 물었다.

"이것이 무엇입니까?"

"글쎄다. 뭐라고 하면 좋을까? 반야만륜겁의 항마력을 유형화시켰다고나 할까?"

눈으로 보고도 믿지 못할 말이 아닌가.

"원 모습인지는 모르겠지만, 소멸시키려고 했더니 이렇게 되더구나."

"하면 반야만륜겁을 소멸시키신 겁니까?"

"그건 아니야. 아! 그렇다고 소멸시킬 수 없다는 것은 아니란다."

천괴는 허공에 떠 있는 금빛 광채를 보며 웃었다.

"막상 버리려고 했더니 아깝더란 말이지. 그래도 백오십 년 가까이 몸속에 두었던 것이 아니더냐."

만안당주는 천괴를 보며 당황스러움을 금치 못했다.

그가 지금껏 보았던 천괴와 눈앞의 천괴가 동일인인지 의심될 정도였다.

무엇보다 천괴는 말이 많은 사람이 아니었다.

"어찌하실 요량입니까?"

만안당주의 말에 천괴가 비공기를 거뒀다.

그 순간 금빛 줄기는 기다렸다는 듯이 천괴의 몸뚱이를 파고들었다.

천괴의 입에서 옅은 비음이 흘러나왔다.

"반야만륜겁은 본래 항마진으로 외부의 마기를 막아내려고 만든 것이야. 그것을 변화시켜 내부의 마기를 억제할 수 있게 된 것이지."

"설마…… 반야만륜겁을 거두시려는 겁니까?"

천괴의 입꼬리가 올라갔다.

"나조차 백수십 년간 뚫어내지 못했던 기운이다. 이것을 예전으로 돌려 외부의 기운을 막아낼 수 있게 된다면 호신강기는 어린애 장난처럼 보이겠지."

"그렇게만 된다면 천고의 비기가 되겠지요."

"클클, 불경을 보면 불법을 수호하는 호법신장은 금빛 포승줄인 지니고 있었다지?"

"예, 금선삭이라는 신물이라고 하더군요."

천괴는 눈을 감고 호흡을 가다듬다가 이내 눈을 뜨며 기광을 터트렸다.

쩡!

그 순간 금빛 광채가 잠시나마 천괴를 휘감았다.

하나 묶지 않고, 적당한 거리를 두고 떨어져 있는 것이 아닌가.

"하아……."

천괴의 한숨과 함께 금빛 광채가 다시 몸속으로 사라졌다.

"금선강기라고 하면 되겠군. 크하하하하!"

만안당주는 잠시 금선강기(金禪罡氣)를 읊조리며 진저리를 쳤다. 금선삭에 묶이면 윤회로도 벗어날 수가 없다지 않던가. 만약 천괴가 금선강기까지 품을 수 있다면 공수(攻守)를 통틀어 고금제일이 될 것은 불을 보듯 뻔했다.

그 순간 만안당주의 눈빛이 혼탁해졌다.

'이분은 군림할 생각이 없으신 건가? 더욱 강해지는 것에만 관심이 있는 건가? 당장이라도 일어나서 복수의 칼을 휘두를 것이라 여겼건만……'

문득 불길한 생각이 뇌리를 스쳐 갔다.

'우리는 천괴에 관해서 얼마나 알고 있던가?'

* * *

혈인은 눈앞에 차려진 음식을 보고도 한숨을 내쉬었다. 화려한 내실에는 적운비와 혈인을 제외하고도 여섯 명이나 존재했다.

하인 넷, 기녀 둘이다.

구성만 봐도 기녀를 품는 청루가 아니라 고급 기루인 홍루였다. 저들을 부리고, 상을 차리는 가격만 해도 은자 스무 냥은 족히 될 것이다.

혈인은 기녀가 따르는 술을 받아 단박에 들이켰다.

기녀가 아리따운지, 술의 종류가 뭔지는 관심조차 가지지 않았다. 그만큼 급박했기에 짜증 섞인 한 마디가 흘러나왔다.

"우리 이래도 되는 거야?"

적운비는 어깨를 으쓱거리며 대꾸했다.

"요즘 바빴잖아. 하루 정도는 좋은 거 먹고, 마시면서 쉬어도 되지."

혈인의 얼굴이 일그러졌다.

"내가 돈 때문에 그러냐! 그 난장을 피워놓고, 여유 부릴 마음이 드냐? 지금 놈들은 혈안이 돼 가지고 우리를 찾고 있을 거라고."

적운비는 술병을 들어 자신의 잔에 따랐다.

그러고는 자신의 옆에 앉은 기녀를 향해 웃으며 노래를 부르듯 입을 열었다.

"꽃밭에 앉아 술 한 병을 홀로 따르네."

기녀는 박수를 치며 즐거워했다.

"호호, 월하독작이네요. 그럼 제가 꽃인가요?"

적운비는 빙긋 웃으며 술잔을 들었다.

"술잔을 들고, 밝은 달을 부르고……."

술잔이 향한 곳은 혈인의 곁에 앉은 기녀였다. 그녀는 볼을 붉히며 부끄러워했다. 적운비의 술잔은 마지막으로 혈인에게 닿았다.

"흥! 그림자를 대하니 세 사람, 아니 네 사람이로구나. 그래 음침한 내가 그림자다. 됐냐? 됐어?"

적운비는 기녀들을 향해 부드러운 어조로 말했다.

"미안한데 자리를 좀 피해줄래요?"

하인과 기녀들이 물러났다.

"풍류공자나 하지 그랬냐?"

적운비는 어깨를 으쓱거렸다.

"그럴 팔자는 못되나 보다."

혈인은 진지한 표정으로 물었다.

"삼 일째다. 명소를 구경하고, 사람들 많은 곳을 찾아다니는 이유가 뭐야?"

적운비는 잠시 수를 헤아렸다.

"암객과 혈객을 처리한 게 사십여 명쯤 되나?"

"그쯤 될 거다. 한데 네 말처럼 암객과 혈객이 천괴의 무공을 이어받았다는 말을 믿을 수가 없어. 내력의 강맹함은 인정하지만, 그다지 고수라고 여겨지지 않았어. 오히려 외형 때문에 놀라는 경우가 더 많잖아. 안 그래?"

"네가 그만큼 강해진 거겠지. 어쨌든 이제 슬슬 다음 단계를 고려해봐야겠다."

혈인은 고개를 갸웃거렸다.

"다음 단계?"

"이미 괴협과 좌검을 쫓는 추격대가 수백 명이다. 그들에게는 우리가 신출귀몰하는 것처럼 보이지만, 그렇지 않다는 것을 아는 자들이 있잖아."

적운비의 말에 혈인은 멋쩍은 듯 뒤통수를 긁적였다. 적운비를 따라 암객과 혈인을 처단하다 보니 사람들의 눈에 띄는 경우가 적지 않았다. 그러다 보니 혈인에게도 좌검(左劍)이라는 별호가 생긴 것이다.

그러나 이내 표정을 굳히며 되물었다.

"설마 더 강한 놈들을 불러내려는 거야?"

적운비는 고개를 끄덕였다.

"이쯤 되면 시선은 충분히 끌었잖아. 암객과 혈객의 연결고리를 좀 밖으로 끄집어내야겠어."

"자신은 있고?"

혈인의 말에 적운비는 키득거렸다.

"내가 왜 연고도 없는 혈마교의 영역을 떠돈다고 생각하는 거냐?"

두 사람이 함께한 시간이 벌써 수십 일이다.

혈인은 피식 웃으며 고개를 끄덕였다.

"하긴…… 지킬 사람이 있는 것도 아니니까 안 되면 튀는 거지."

적운비는 피식 웃으며 농을 하듯 말했다.

"좌검이 돼서 그런가? 눈치가 빨라졌네."

혈인은 술잔을 비우며 가자미눈을 떴다.

"칭찬하지 마!"

"잠깐!"

적운비가 조용히 하라는 신호를 보냈다.

혈인은 그 모습에 꿀 먹은 벙어리처럼 입을 닫았다.

이미 몇 번이나 겪었던 일이기에 이제는 내성이 생긴 것
이다.

'금백귀라고 했지?'

노대와 함께 해남도에 왔던 좌귀와 우귀는 금백귀의 수
장이다. 한데 그 두 사람은 노대를 주인으로 모시지 않던
가.

혈인은 전음을 주고받는 적운비를 보며 침음을 삼켰다.

'조손지간은 아닐 테고…… 저런 조직을 이끌고 있는 네
정체가 도대체 뭐냐?'

적운비가 돌아서자, 혈인도 표정을 수습했다. 속내를 들
키면 무슨 구박을 받을지 모르는 일이 아니던가.

"뭐래?"

"동정호가 좋긴 좋은가 봐. 여기서 다 만나는군."

두 사람이 쉬고 있는 곳은 호남성의 명소, 동정호 변에 자리한 홍루였다.

"누가 와?"

적운비는 빙긋 웃으며 말했다.

"너도 보면 반가워할 사람."

*　　　*　　　*

혈마교의 추살대가 괴협을 쫓아 강남 일대를 누비고 있을 시기였다. 한데 그런 와중에서 드러내고 괴협을 찾는 이가 있었다.

운해상단을 떠나 강남에 들어선 위지혁이다.

그는 혈마교의 근거지에 들어왔음에도 무당의 무학을 쓰는 것을 거리끼지 않았다.

어차피 겉으로 드러난 그의 신분은 무당의 파문 제자가 아니던가. 그러니 무당의 무학을 숨길 이유가 없었다.

'운비를 찾는다!'

그가 집을 떠난 이유였지만, 악인을 보았을 때 결코 그냥 지나치지 않았다. 파문을 당했을지언정 무당의 정신만은 마음에 새기지 않았던가.

그렇기에 위지혁은 지금 이 순간에도 악인을 마주한 채

검을 늘어트렸다.

그저 목이나 축일까 하고 들른 촌락이었다.

한데 제 입으로 동정호의 지배자인 팔비사자라 밝힌 중년인이 민초들을 핍박하며 행패를 부리고 있지 않던가.

검을 뽑지 않을 이유가 없었다.

팔비사자(八匕死者) 도평은 위지혁의 앞에 쓰러져 있는 다섯 명의 수하를 보며 눈을 가늘게 떴다.

"어린놈이 한 가닥 재주는 지니고 있구나. 하지만 이 몸에 비할 바는 아니야. 당장이라도 무릎을 꿇고 용서를 빌면 수하로 거둬주마."

위지혁은 검을 흔들거리며 코웃음을 쳤다.

"그래서 당신은 그 알량한 재주로 사람들이나 괴롭히는 건가? 고작해야 자릿세를 뜯고, 행패를 부리는 정도의 재주로?"

도평의 얼굴이 모욕감으로 인해 일그러졌다.

적살방(赤殺幫)은 인근 삼십 리를 근거지로 삼아 군림할 정도로 세력이 컸다. 혈마교의 지부장과 적살방주가 호형호제할 정도였으니 가히 패자라 불러도 어색함이 없을 정도였다.

도평은 그런 곳에서 다섯 손가락 안에 드는 무인이었다.

그러니 그가 분노하는 것은 당연했다.

"저런 버르장머리 없는 새끼! 얘들아, 당장 저놈을 무릎 꿇려라."

위지혁은 속으로 고소를 흘렸다.

'후훗, 이런 식으로 도발하는 거군.'

녀석을 따라다니며 몸에 익은 것 중에서 가장 쓸 만한 것이 아닐까 싶었다.

마인들의 눈빛에는 살기가 그득했다.

일류나 될법한 자들의 눈빛이 저러하니 어떤 삶을 살아왔는지는 불을 보듯 뻔하지 않겠는가.

위지혁은 손속에 정을 두지 않을 생각이다.

그가 혈마교의 영역에 들어와서 가장 놀란 것은 살인에 대한 관대함이었다. 혈마교의 교인이 아닌 이상 절대적인 강자존의 법칙을 따르는 것이다.

찌잉—

위지혁의 검에서 검명이 터져 나왔다.

날카로운 검명은 순간적으로 청각을 마비시킬 정도로 강렬했다. 그것을 일류에 불과한 마인들이 버텨내는 것은 불가능에 가까웠다.

마인들이 잠시 비틀거리는 사이 위지혁이 움직인다.

성큼성큼 내지른 걸음에 거리는 한순간에 좁혀졌다.

"크악!"

가슴을 베이고 쓰러지는 마인을 스쳐 간 위지혁은 재차 검을 내질렀다. 회전하며 나아가는 모습은 마치 춤을 추듯 부드러웠다. 오직 검을 휘두를 때만이 강렬하게 번뜩일 뿐이다.

도평은 눈을 부릅뜬 채 부르르 떨었다.

신선의 검무가 있다면 저런 것이 아닐까 싶을 정도였다.

'빌어먹을!'

혈마교의 세상에서는 혈마교만 신경 쓰면 되는 게다. 한데 지금껏 도평이 알던 세상이 한순간에 무너지기 시작했다.

그는 옆구리에 매달린 비수를 던졌다.

팔비사자라는 별호답게 한 호흡에 여덟 자루의 비수가 꽂혀 든다.

터터터터터터텅!

위지혁의 검에서 백색 검강이 솟구치는 순간 여덟 자루의 비수는 열여섯 개의 쇳조각으로 변했다.

"헉!"

도평은 등을 보이는 것에 망설이지 않았다.

명예와 자존심 따위는 생존 앞에 전혀 고려의 대상이 아니었다.

하나 위지혁의 검은 도평보다 빨랐다.

"끄억!"

도평은 어깨를 베이고 땅바닥을 나뒹굴었다. 그는 이름값에 어울리지 않게 발버둥을 치며 고통을 호소했다. 위지혁의 검이 턱 끝에 닿은 후에야 숨을 몰아쉬며 비명을 멈췄다.

"협잡과 모략으로 양민을 괴롭히는 것도 용서할 수 없지만, 단순히 강하다는 이유만으로 패악을 저지르는 것은 쓰레기 중에서도 쓰레기야."

"끄으…… 적살방을 건드리고 네가 무사할 성싶으냐? 절대 편히 죽지 못할 것이야!"

위지혁은 도평을 걷어차며 외쳤다.

"가서 전해라. 나는 여기에 있을 거야."

도평이 떠난 후 마을 사람들이 위지혁을 향해 몰려왔다.

위지혁은 아비보다 나이가 많은 노인들이 감사를 표하는 모습에 당황스러움을 금치 못했다.

'이건 도저히 익숙해지지 않아.'

한데 사람들의 표정이 점점 어두워진다.

자신이 떠난 후 적살방의 보복이 두려운 것이다.

위지혁은 그것을 알기에 되레 환하게 웃었다.

"마을에 객잔이 있니?"

아이는 눈을 동그랗게 떴다.

"안 가요?"

"응."

"진짜 안 가요? 여기 머물 건가요?"

위지혁은 아이와 시선을 맞추고, 머리를 쓰다듬어주었다.

"나쁜 사람들이 또 올 거다. 모두 벌을 줄 거야. 그 전에는 가지 않을 거란다."

사람들은 안도의 한숨을 내쉬었다.

촌장이 다가와 허리를 숙였다.

"감사합니다. 은공께 드릴 말씀은 아니지만, 그냥 가셨다면 마을 사람들이 큰 화를 입었을 겁니다."

위지혁은 촌장을 부축하며 말했다.

"알고 있습니다. 혈마교와 마인들의 조합이니 더욱 그러할 테지요."

"은공은 마치 정파인 같군요. 검술 또한 촌무지렁이인 제가 봐도 현기가 가득하더이다."

위지혁은 빙긋 웃으며 아이의 손을 잡았다.

"한낱 파문 제자일 뿐입니다."

*　　　*　　　*

제갈수련은 일과 시간임에도 불구하고, 낯선 후원으로 향하고 있었다. 태상이 부르거나, 천재지변이라도 일어나지 않으면 일정을 바꾸지 않던 그녀가 아닌가.

그러나 그녀는 되려 밝은 표정을 지으며 후원으로 들어섰다.

연못가에 서서 뒷짐을 지고 있는 노인이 보였다.

한데 노인의 복장은 화려한 후원의 전경과 어울리지 않게 허름했다. 그러나 묘하게도 후원의 전경에 뒤섞여 존재감이 흐릿하지 않은가. 장군검이 아니었다면 알아차리지 못하고 지나갔을 수도 있을 정도였다.

"대검백께서 저를 먼저 찾으실 줄은 몰랐습니다."

제갈수련의 말에 대검백은 천천히 몸을 돌렸다.

그 모습조차 시간의 흐름에서 비켜난 듯 묘한 분위기를 불러일으켰다.

"노부도 생각지 못했던 일이네."

"안 좋은 소식인가 보네요."

제갈수련의 말에 대검백의 입꼬리가 슬쩍 올라갔다.

"눈썰미가 좋군. 아! 총선주에게라면 오히려 실례인 말이려나?"

"과찬이십니다. 한데 어쩐 일로……."

평소였다면 세간의 시선을 의식해서 이중에게 말을 전했

을 것이다. 그랬던 대검백이 직접 불렀다면 범상치 않은 일임에 틀림없었다.

"상천에 밀명이 내려왔네."

"밀명이라면? 태상 쪽에서 말입니까?"

대검백은 고개를 끄덕였다.

"아마 기공탄노는 모를 것이야. 상천 중에서도 극소수에게만 전했을 테니까."

제갈수련은 의아한 표정을 지었다.

대검백과 기공탄노의 무위는 큰 차이가 없을 터였다. 그러니 대검백은 알고, 기공탄노는 모른다는 상황에서 불길함이 느껴지는 것은 당연했다.

"신임이나 무위로 인함이 아닐세. 사안이 사안이니만큼 정사지간의 무인을 배제하려는 것일 뿐."

"정파 성향을 지닌 상천만 나서야 하는 일이 도대체 뭐란 말입니까?"

대검백의 눈매가 가늘어졌다.

"태상은 무당파를 칠 것이야."

제갈수련은 눈을 휘둥그레 떴다.

하루 종일 태상의 행보를 예측하고, 대비하기 위해 시간을 보내던 그녀가 아닌가. 그러나 무당파와 관련된 예상만은 전혀 하지 못했다.

'무당파를 공격해서 얻을 수 있는 것이 없는데…… 도대체 왜?'

알 수가 없다.

방대한 양의 정보를 접하는 자리에 있지만 도무지 추측조차 할 수가 없었다.

그러나 태상이 무당파를 공격할 때 자신이 해야 할 일에 관해서는 금세 몇 가지를 떠올릴 수 있었다. 또한, 그로 인해 얻을 수 있는 이득의 범위까지도 말이다.

다만 대검백의 의도가 궁금했다.

"제가 말씀해 주시는 이유가 뭔가요?"

"손을 내민 것은 총선주가 아닌가?"

제갈수련은 대검백의 반문에 입꼬리를 올렸다.

침묵하던 상대의 반문은 언제나 대화를 이어나갈 수 있는 좋은 계기가 아니던가. 또한, 그로 인해 상대를 좀 더 깊이 파악할 수 있을 터였다.

"한 손 거들어달라는 부탁조차 죄송했습니다. 그러니 이 정도의 호의까지 기대했을 리가 없지요."

대검백은 쓴웃음을 지었다.

"과거는 추억으로 기억되기도 하지만, 때로는 족쇄처럼 평생 벗어날 수도 있는 법이지."

제갈수련은 침묵을 지켰다.

침묵은 때때로 위로보다 좋은 대답이 아니던가.

대검백은 자신의 허리춤에 매인 장군검을 매만졌다.

"장수에게 충성할 대상을 잃는다는 것은 영혼이 사라지는 것과 같아. 그때 누군가가 내민 작은 손을 잡는다면 기억은 머리가 아니라 가슴에 새겨지는 법이지."

"천룡학관주를 도와 적운비를 풀어준 것만으로는 족쇄를 풀 수 없던 가요?"

대검백은 제갈수련의 시선을 피해 몸을 돌렸다.

잠시 후 나직한 한 마디가 들려왔다.

"아마 이번이 마지막일 듯싶군."

제갈수련은 대검백을 향해 고개를 숙이며 눈을 빛냈다.

'태상을 잡을 유일무이한 기회가 분명해!'

*   *   *

"미친 거 아니에요?"

이중은 눈을 휘둥그레 떴다.

제갈수련은 대답 대신 깊은 생각에 잠겨 있었다.

"무당이라고요. 아무리 약해졌어도 민초들한테는 반선이나 다름없다고요. 그런데 무슨 명분으로 무당파를 공격해요? 태상이 아무리 인망을 얻었다고 해도 무당파를 건드리는 순간 안전할 수 없을 거예요."

"동감이야."

이중은 주변을 살피더니 슬그머니 눈치를 봤다.

"노환이라도 오신 걸까요?"

"그럴 사람이었다면 여기까지 올 수도 없겠지. 분명히 내가 모르는……."

제갈수련의 읊조림이 멈췄다가 이어졌다.

"잠깐! 대검백이 옹호하는 게 무당파가 맞나?"

"네?"

이중이 고개를 갸웃거리는 사이 제갈수련은 황급히 서류를 뒤적거리기 시작했다.

"대검백과 무당파는 관련이 없을 수도 있어."

"관련이 없는데 왜 무당파의 위기를 알려 줘요?"

"그러니까 그 이유를 찾아야 해. 대검백과 이현의 공통점이 뭐라고 했지?"

"북방 출신이고, 낙향하기 전에는 중원에서의 기록이 없어요."

그 순간 제갈수련의 뇌리를 스치는 말이 있었다.

"대검백은 충성할 대상을 잃었다고 했어. 그렇다면 무당파를 돕기 위해서가 아니라 자신의 복수나 다른 이유로 말을 해 준 것이 아닐까?"

제갈수련은 조심스럽게 말을 이었다.

"혹시 그 사람 순제의 수하가 아니었을까?"

이중은 설마 하는 마음으로 오만상을 지었다.

새 나라가 들어서기 전의 중원은 이민족의 세상이 아니었던가.

"아무리 봐도 중원인이던데요?"

"몇백 년이야. 피가 옅어지기에 충분한 시간이라고. 그렇다면 대검백이 거부감을 가지는 것은 지금의 황실일 텐데…… 잠깐!"

제갈수련이 인상을 쓰며 물었다.

"황실에서 사람이 왔지. 언제 왔어?"

"어제 도착했어요. 잠깐만요. 아가씨는 지금 황실이 태상에게 무당파의 공격을 명령했다는 거예요?"

"그거는 모르는 일이야. 하지만 그러면 말은 되지. 어찌됐든 대검백과 우리의 관계가 신뢰를 논할 정도는 아니잖아. 그도 뭔가 이유가 있어서 알려준 것이 분명해."

"그럼 앞으로 어떻게 해야 하지요?"

제갈수련의 입꼬리가 올라갔다.

"알려야지."

"네?"

"태상이 다짜고짜 무당을 치는 어리석음을 범할 리 없

어. 분명 사전 공작이 있을 거야. 그 전에 선수를 친다. 무당파에 이 사실을 알리고, 하오문을 통해 소문을 내. 황실 얘기는 빼고 태상의 야욕과 노환이 의심된다는 쪽으로 몰고 가봐."

이중은 빙긋 웃으면서 고개를 끄덕였다.

"그 정도면 아주 쉽지요."

"그나저나 소소의 위치는 알아봤어?"

"다방면으로 찾고 있기는 한데…… 어디에 숨겼는지 도무지 알 수가 없어요."

제갈수련은 대수롭지 않게 고개를 끄덕였다.

"그래? 알았어. 수고해줘."

이중은 돌아서는 제갈수련을 보며 침울한 표정을 지었다. 보지 않아도 그녀의 표정이 어떨지 쉬이 짐작됐기 때문이다. 자신에게까지 속내를 드러내지 못할 정도로 몰려 있는 게다.

'작은 아가씨를 찾지 못하면 큰일이 벌어질 거야.'

*   *   *

"큰일 났어요!"

위지혁을 찾아온 아이가 빨갛게 익은 얼굴로 외친 한 마디였다.

"무슨 일이니?"

"동구가 봤는데 적살방이 온대요. 그런데 아주 많데요. 구름 같데요!"

위지혁은 좌선을 풀고 검을 챙겼다.

'후훗, 역시 죄다 끌고 온 건가? 도평을 도발해놓은 보람이 있군.'

마을 입구에는 아이들의 이야기를 듣고 걱정이 된 사람들이 모여 있었다.

"모두 들어가세요. 위험합니다. 저번에 말씀드린 대로 해 주세요."

촌장이 나서서 사람들을 이끌고 뒷산으로 향했다.

어깨에는 짐을 짊어지고, 아이들을 손을 끌고 나서니 피난과 다를 바가 없었다.

'인질만 없으면…….'

위지혁은 좌정한 채 검을 무릎 위에 올렸다.

그러고는 눈을 감고 적을 기다리며 시간을 보냈다.

기감을 넓게 드리우니 급박하게 다가오는 기척이 느껴졌다.

위지혁은 고개를 갸웃거리며 눈을 떴다.

적이 다가오는 것은 자명했다.

멀리서도 살기가 잔뜩 느껴졌기 때문이다.

한데 인원이 생각보다 적은 스무 명 남짓이었다. 도평의 얼굴도 보이는 것으로 보아 적살방이 분명했다.

'저게 전부인가?'

위지혁은 예상 외로 적은 인원에 헛웃음을 흘렸다.

'소수 정예인가?'

도평은 위지혁을 보자마자 달려 나왔다. 그러고는 삿대질을 하며 소리쳤다.

"저놈! 저놈이다! 쳐라!"

적살방도들은 다짜고짜 흉기를 꺼냈다.

"애새끼 하나다! 죽여!"

"배에 바람구멍을 내주마!"

위지혁은 자신을 향해 달려오는 적살방도들을 보는 순간 무위를 파악할 수 있었다. 대부분 일류였고, 고작해야 서넛이 절정의 경지로 보였다.

'검을 사용하기도 아깝군.'

적살방도들의 살기는 자신에게로 향했다. 마을로 난입할 걱정이 없으니 오히려 마음이 안정됐다.

"후웃!"

위지혁은 수십 명의 살기를 몸으로 받아냈다.

언제나 자신보다 한 단계 높은 곳에서 내려다보던 녀석

을 쫓으며 살아왔다. 그런 그에게 패악질이나 일삼는 마인의 살기는 압박이 될 수 없었다.

무위의 고저가 아니라 기도의 차이였다.

어느덧 위지혁은 적운비를 따라 한 계단씩 올라서며 성장한 것이다.

퍽!

가볍게 손끝이 스치는 순간 적살방도가 나뒹굴었다. 어깨가 으스러지며 일 장이나 나뒹군 것이다. 가벼워 보이는 손속에 범상치 않은 경력이 숨어 있는 게다.

무당의 몇몇 제자들만 익혔던 청음산수가 위지혁의 손끝에서 펼쳐졌다.

엄지로 적살방도의 검을 가볍게 밀었다. 검의 궤적은 처음부터 그랬던 것처럼 허공을 찌른다. 이제 다섯 손가락을 가볍게 오므려 열운권으로 상대의 이마를 후려쳤다.

빠각!

이마 깨지는 소리와 함께 적살방도가 쓰러진다.

위지혁은 쓰러지는 적살방도의 어깨를 밟고 날아올랐다.

사상심의류의 권장법에 더불어 현현미보까지 더해지니 적살방도들은 그야말로 추풍낙엽처럼 튕겨 나갔다. 스무 명 남짓한 적살방도를 해치우는 데 걸린 시간은 손가락으로 서른을 헤아리기도 전이었다.

위지혁은 멀뚱히 서 있는 도평에게로 향했다.

"성정이 포악한 것도 모자라 어리석기까지 한 것인가? 고작 이 정도로 나를 상대하려 한 거냐?"

한데 도평은 분노를 더욱 드러낼 뿐 이전처럼 도주하지 않았다. 사람이 하루아침에 변하기란 불가능에 가까우니 분명 믿는 구석이 있을 터였다.

아니나 다를까 도평이 비릿하게 웃으며 말했다.

"네놈의 기고만장도 여기까지다!"

그 순간 위지혁의 눈매가 가늘어졌다.

구릉 너머에서 살기가 충천하더니 이내 먼지구름이 피어오르는 것이 아닌가.

그리고 적의를 입은 방도들이 하나둘씩 모습을 드러냈다. 하나로 시작하여, 열이 되었고, 금세 수십이 되었다.

잠시 후 구릉 위에 올라선 적사방도의 수는 무려 이백여 명에 이를 정도였다.

"크큭! 고깃덩이처럼 다져주마."

위지혁은 적사방도의 중심에 서 있는 장년인을 노려봤다. 일견하기에도 가장 화려한 의복과 함께 강렬한 기도가 전해졌다.

적사방주가 분명했다.

"적사방을 건드린 애송이가 너로구나."

"애송이와 한 번 붙어보시겠소?"

방주는 위지혁의 도발에 폭소를 터트렸다.

"크하하하! 이 녀석들을 보고 겁이라도 집어먹은 게냐?"

"그 녀석들이 없으면 겁이라도 나시려나?"

연이은 도발에 방주도 결국 표정을 구겨야 했다.

"그리 자신이 있다면 여기까지 한 번 와 보거라. 내 앞에 서면 기꺼이 상대해 주마!"

위지혁은 어깨를 으쓱거렸다.

"삼류 잡배의 말을 믿을 수는 없지만, 일단 가 주지. 거기 딱 서서 기다려라!"

"크하하하! 이백 명을 뚫고 오겠다고?"

위지혁은 방주의 비웃음에 미간을 찡그렸다.

솔직히 이백 명을 모두 상대한다는 것은 불가능에 가까웠다. 다만 적운비가 행동으로 보여줬던 것처럼 할 수 있는 모든 것을 할 요량이었다.

방주는 나이를 헛먹지 않았는지 위지혁의 상태를 눈치챘다.

"혼자 여기까지 오겠다니. 광오함이 지나쳐 미친 게로구나! 크하하하!"

그 순간 어디선가 담담한 한 마디가 들려왔다.

사람은 보이지 않고, 목소리만 전해진 것이다.

그것도 아주 지근거리에서 속삭이듯이.

"저 녀석은 혼자가 아니야."

위지혁은 그토록 찾아 헤매던 목소리에 눈을 부릅떴다. 그렇게 사방을 살피던 중 허공에서 내리꽂히는 신형을 찾아냈다.

퍼펔!

도평은 불의의 일격에 허리를 접은 채 튕겨 나갔다.

적운비는 도평을 두어 번 더 후려친 후 위지혁을 향해 돌아섰다. 그러고는 어젯밤 헤어진 친구를 대하듯 손을 흔들었다.

"잘 있었냐?"

위지혁은 조금도 변하지 않은 친구의 모습에 환한 웃음으로 화답했다. 그러고는 적살방주를 향해 입꼬리를 올리며 소리쳤다.

"넌 이제 뒈졌어!"

第十一章

귀환(歸還)

　적살방주는 갑자기 난입한 적운비를 보며 표정을 굳혔다. 팔방전음을 방불케 하는 모습과 도평을 공격하던 모습에 긴장하지 않을 수가 없었다.

　'저놈 뭐지?'

　불현듯 마음속으로 자신과 비교하게 된다.

　하지만 이백여 명의 만들어 내는 존재감과 기세는 그를 안정시키기에 충분했다. 게다가 겉으로 보기에는 별다를 것이 없어 보이지 않던가.

　'훗! 두 놈 정도야.'

　그때 들려온 위지혁의 도발은 그의 분노를 폭발시키기에

충분했다.

한데 그가 일제 공격을 명하려는 순간 마을 뒤편에서 뛰어오는 청년이 있었다.

'하나 더?'

셋으로 늘었지만, 별달리 위협적으로 여겨지지 않았다. 오히려 적살방주는 이백 명을 눈앞에 두고 말다툼하는 세 사람을 보며 미간을 찡그려야 했다.

'나를 무시하는 건가?'

지난 수년간 자신에게 시비를 걸거나, 도전하는 이가 전무했다. 혈마교의 지부장과도 호형호제할 정도이니 어느 정도 이름 있는 마인이라고 해도 자신 앞에서도 한 수 접어 줄 정도였다.

적살방주는 내력을 담아 일갈을 내질렀다.

"이놈들! 이런 천둥벌거숭이 같은 놈들!"

그러고는 입술을 파르르 떨며 살인을 명했다.

"저 세 놈의 사지를 끊고 내 앞으로 끌고 와라!"

적살방도들은 일제히 병장기를 뽑아들고 살기를 끌어올렸다.

*　　　*　　　*

"왔냐?"

적운비는 뒤늦게 합류한 혈인을 보고 반갑게 손을 흔들었다. 하나 혈인은 적운비를 보자마자 다짜고짜 삿대질을 했다.

"야! 이 새끼야. 왔냐? 그게 나한테 할 말이냐? 기루에서 처먹은 거 왜 계산 안 했어? 너 때문에 기루 놈들한테 욕먹으면서 도망쳤단 말이야! 돈 많다고 펑펑 쓰더니 이게 웬 개망신이야!"

적운비는 대수롭지 않게 어깨를 으쓱거렸다.

"계산하려는 데 주인 놈이 하는 얘기가 들리더라고. 술에 물 타고, 고기는 때 지난 거 써서 떼돈 벌고 있다고 총관이랑 낄낄대잖아. 돈 내고 싶겠냐?"

"그럼 나한테 얘기를 했어야지!"

"내가 얘기 안 했나? 튀자고 했잖아."

혈인의 입꼬리가 경련을 일으켰다.

"너랑 나랑 무슨 마음이 통하는 사이라고 그 말만 듣고 다 알아!"

"그래? 그렇다면 미안하다."

한데 적운비가 어색하게 웃자, 혈인은 금세 표정을 풀었다. 원수를 만난 것처럼 폭주하던 모습이 온데간데없이 사라진 것이다.

'후훗, 저 콧대 높은 놈이 사과라니……'

혈인은 뒤늦게 위지혁을 발견하고 눈을 휘둥그레 떴다.

"아! 너였군."

위지혁 역시 비무 했던 혈인을 잊을 수 없었다.

"오랜만이다. 네가 좌검이라고? 부럽다."

혈인은 슬그머니 시선을 피했다. 그러나 기분 좋은 것은 감출 수 없는 듯 적운비를 향해 딴소리했다.

"근데 내가 왜 저 녀석을 보고 반가울 거리고 한 거야?"

적운비는 두 사람을 번갈아 보며 웃었다.

"너 저번에 쟤한테 졌잖아. 재대결을 할 수도 있으니 좋아할 거라고 여겼는데?"

혈인은 얼굴을 붉히며 소리쳤다.

"지긴 누가 져!"

위지혁은 그 모습에 키득거리며 말했다.

"내 기억에는 내가 지지는 않았던 것 같은데?"

차랑―

혈인은 코웃음을 치며 검을 뽑았다.

"그 기억 바로잡아 주마. 다시 한 번 붙자."

그때 적살방주의 일갈이 들려왔다.

혈인은 이백여 명이나 모여 있는 적살방을 보며 눈을 끔뻑였다.

"저건 누구 상대?"

적운비는 히죽 웃으며 위지혁과 혈인을 쳐다봤다.

"너희 둘."

두 사람은 동시에 고개를 내저었다.

"저 녀석의 도움을 받을 필요는 없어."

"내가 왜 저 녀석을 도와!"

적운비는 피식 웃으며 두 사람을 도발하듯 속삭였다.

"아무래도 많이 쓰러트리는 쪽이 강하지 않겠냐?"

혈인은 입꼬리를 올리며 검의 손잡이를 움켜쥐었다.

그러고는 위지혁보다 한발 앞서 적살방도들에게 다가갔다.

두 사람은 그런 혈인을 보며 헛웃음을 흘렸다.

"참 귀가 얇아 보이지만…… 나라고 다를 게 없이 살았으니 할 말이 없구나."

"후훗, 혈인은 생각보다 좋은 놈이야. 잘 지내봐."

위지혁은 적운비의 어깨를 두드리며 말했다.

"풍운괴협께서 어련하실까. 지난 일은 저 녀석들을 처리하고 하자."

적운비는 고개를 끄덕이가 눈을 휘둥그레 떴다.

"풍운괴협은 또 뭐야?"

"사람들이 그러더라. 바람처럼 나타나서 악인을 징치

하고, 구름 속에 숨는 것처럼 정체를 알 수가 없다고 말이야."

"하하하! 드디어 사람들이 나의 대단함을 알게 된 건가? 그나저나 악인을 징치하는 건 또 어떻게 알았지?"

위지혁은 어리둥절해하는 적운비를 보며 혀를 내둘렀다.

"강남 전체를 휘젓고 다니면서 정작 네 얘기는 모르는 거냐?"

적운비는 어깨를 으쓱거렸다.

"뭐 악인을 징치하느라 바빴다고 하자."

"처음에는 살인귀가 나타난 것처럼 소문이 났어. 한데 네가 죽인 자들의 시체가 괴이하게 변했다더라. 썩은 내가 진동하거나, 피가 모조리 증발하는 건 일도 아니야. 대부분 지하실이나, 비밀 창고에서 양민들을 대상으로 마공을 수련했나 봐. 그것 때문에 사람들이 오히려 네 편을 들기 시작했어. 이제는 풍운괴협이라 부르더라."

"낯간지럽군."

"네가 그런 것도 신경 썼어? 얼굴 두꺼운 거로는 어릴 때부터 중원 최고였잖아."

"후훗, 옛날 생각나네."

그때 두 사람의 귓가에 혈인의 짜증 섞인 일갈이 꽂혀 들었다.

"이 새끼들아! 아예 껴안고 쓰다듬지 그러냐?"

위지혁은 웃음기를 머금은 채 적살방도들을 향해 나아갔다.

"늦으면 송장 치우겠다."

적운비는 어깨를 으쓱거렸다.

"저 녀석 강해졌어. 그리고 지금 저 녀석 여덟 명째다. 저놈 성질에 한 번 우위를 점하면 닳고 닳을 때까지 우려먹을 거다."

"그건 사양이야!"

위지혁은 삼 장의 거리를 두고 검을 휘둘렀다.

백색의 빛줄기가 다발을 이룰 정도로 흩날렸다.

내력으로 검기를 만드는 것보다 내력을 쏘아내는 탄기는 더욱 상승의 경지가 아니던가.

적살방도들은 황급히 검을 들었다.

하나 단 한 명도 위지혁의 검격을 받아내는 이가 없었다.

터터터터터텅!

삽시간에 십여 명 남짓한 적살방도들이 튕겨 나갔다.

위지혁은 일부러 손속에 정을 두었다. 몇 번의 협행을 통해 진짜 악인이라고 할 수 있는 자들은 수뇌라는 것을 깨달았기 때문이다.

위지혁은 박투를 벌이는 것처럼 근접전을 펼치고 있는

혈인을 지나치며 입꼬리를 올렸다.

"역전!"

적당히 상대하던 혈인의 검에 속도가 붙었다.

터터텅!

가섬발제를 연이어 펼치니 삽시간에 네 명이 튕겨 나가거나, 검에 베인 채 쓰러졌다.

'젠장! 적운비 문제가 아니었어. 무당파 놈들은 죄다 저런 거였어!'

혈인은 위지혁이 먼 거리에서 적을 상대하는 것을 보고 더욱 인상을 썼다. 먼지를 뒤집어쓰며 근접전을 펼치는 자신보다 훨씬 우아해 보였다.

"이런 쓰레기 같은 놈들!"

전장은 두 사람으로 인해 난장판으로 변했다. 빼곡하던 적사방도의 주변이 점점 휘휘해졌고, 사기는 바닥을 쳤다.

그리고 전장에 변화가 일어났다.

백여 명 남짓한 적살방도가 쓰러지자, 도주하는 자들이 하나둘씩 생겨난 것이다.

그리고 이제 적살방의 수뇌부들이 나섰다.

"저게 진짜다!"

혈인은 먹잇감을 발견한 맹수처럼 대지를 박차고 튕겨 나갔다. 한데 그보다 앞서서 산보를 하듯 나아가는 이가 있었다.

적운비는 가볍게 발을 내디뎠지만, 한걸음에 적과의 거리를 좁혔다.

"대장 잡는 놈이 최고지!"

혈인과 위지혁이 황급히 적운비의 뒤를 쫓았다.

쉬이이이잉—

적운비를 중심으로 바람이 불기 시작했고, 몸 주변을 회오리처럼 감쌌다. 사방팔방으로 뻗어 나간 경력은 한 치의 오차도 없이 적살방도의 요혈을 두들겼다.

"또 좋은 건 네가 하냐?"

"이 일은 내가 책임진다고!"

뒤이어 위지혁의 탄기가 화살 비처럼 내리꽂혔고, 어느새 지척에 이른 혈인이 연이어 발검했다.

이른 아침의 따가운 햇살과 저녁 무렵의 붉은 노을이 쉴새 없이 번뜩이니 적살방도들에게는 천지가 요동치는 것과 다르지 않았다.

"감히 내가 누구인 줄 알고!"

적살방주가 일갈을 내질렀지만, 세 사람 모두 개의치 않았다.

위지혁의 탄기가 방주의 양어깨를 꿰뚫었고, 혈인은 바닥을 치듯 낮게 발검하여 발목을 벴다.

그리고 적운비의 면장이 방주의 아랫배를 가볍게 두들겼다.

펑!

적살방주는 한순간 전신을 옥죄던 고통이 사라지자 놀람을 감추지 못했다. 하나 단전이 사라졌음을 깨닫고 비명을 내질렀다.

"끄아아아악!"

적운비의 발이 적살방주의 턱을 걸어찼다.

"시끄럽다!"

적살방주에게 한 말이지만, 전장 전체가 고요해졌다. 수뇌부를 비롯한 적살방도들이 일제히 비명과 신음을 멈추고 눈치를 보기 시작한 것이다.

적운비는 위지혁의 등을 밀었다.

"네가 정리해."

"내가?"

적운비는 마을을 슬쩍 가리키며 말했다.

"네가 시작한 일이잖아."

위지혁은 적운비의 시선을 쫓다가 눈을 휘둥그레 떴다. 뒷산으로 피했어야 할 마을의 청년들이 삼삼오오 모여 있었다. 어디서 구했는지 녹슨 칼과 몽둥이, 심지어 장대까지 들고서 잔뜩 힘을 주고 있지 않은가.

"하하. 왜들 저러신데?"

적운비는 멋쩍게 웃는 위지혁을 보며 말을 이었다.

"사람은 변해. 네가 계기가 된 거다."

위지혁의 눈빛이 슬며시 흔들렸다.

불현듯 적운비라는 계기로 변한 자신의 과거를 떠올린 것이다. 그 순간 생각지도 않았던 하고 싶은 말들이 절로 머릿속에 그려졌다.

"들어라."

내력을 담긴 읊조림이 적운비라는 바람을 타고 전장을 휘감았다.

"마인이 마도인이라 불리던 시절에는 최소한 강해지기 위한 열정이라도 있었다고 들었다. 한데 너희들은 뭐지? 너희들은 그냥 돼지다. 원초적 쾌락에 몸을 맡긴 이상 너희들은 무인이 아니야."

몇몇 방도들이 움찔거리며 고개를 떨궜다.

"내상과 부상을 치료하려면 상당한 시간이 필요할 거다. 그동안 한 번 생각해 봐. 지금의 모습이 정녕 너희들이 꿈 꿔왔던 모습인지."

잠시 후 적살방도들은 위지혁의 허락 하에 한 명씩 전장을 떠났다. 위지혁의 말처럼 지금은 부상을 치료할 때였다. 그들이 변화 여부는 시간만이 알 수 있으리라.

"너희들까지 가면 안 되지."

적살방의 수뇌부가 멈칫했다.

잠시 후 세 사람의 매타작이 한참 동안 이어졌다.

이날이 괴협(怪俠)의 마지막 날이었다.

그리고 천상의 으뜸이라는 자미성(紫薇星)의 괴공(傀公)으로 환골탈태하는 날이기도 했다.

*　　　*　　　*

적운비와 혈인은 고급 주루에 자리를 잡았다.

자금과 시간은 그들을 여유롭게 만들었다.

"후훗, 오늘은 할 얘기가 많겠어."

"흥! 너나 많겠지. 그나저나 이 녀석은 어디에 간 거야?"

위지혁이 때마침 문을 열고 들어섰다.

"하오문에 다녀왔어. 녀석들에게 너를 찾으면 바로 연락하겠다고 약속했거든."

"녀석들?"

적운비의 말에 위지혁은 웃으며 대꾸했다.

"북두칠협. 석생 형을 비롯한 우리 패거리다."

"진짜? 북두칠협이 그 녀석들이었어? 맙소사!"

적운비는 진심으로 기뻐했다. 청송관의 동기들이 꿈꾸던

일이 이뤄진 것이다. 하나 이내 침중한 표정을 지었다.

"잠깐, 그렇다면 하산을 했다는 거잖아. 설마 파문을 감수한 거냐?"

위지혁은 고개를 끄덕였다.

"그래. 쓸데없는 생각하지 마. 모두 자발적으로 나선 길이야."

적운비는 어색한 표정을 지었다.

타인에게 감정을 전하는 것도 어색하지만, 받는 것은 훨씬 더 어색했다.

"조만간 녀석들도 강남에 들어설 거야. 어차피 파문 제자니까 혈마교도 개의치 않을 거다. 하하하!"

위지혁이 분위기를 띄우는 바람에 적운비의 표정도 점점 자연스러워졌다. 그리고 천괴의 비공기와 그것을 사용하는 마인들에 대한 정보를 전했다.

적운비는 웃으며 말했지만, 위지혁의 얼굴은 경악으로 물들었다.

그때 옆자리에 들어선 상인의 입에서 위지혁의 마음을 대변하는 한 마디가 들려왔다.

"그게 말이 돼?"

자연스럽게 세 사람의 시선은 상인들에게로 향했다. 질좋은 화복에 호위무사까지 대동한 것으로 보아 상단의 주인들로 추측됐다.

"천룡맹이 왜 소속방파인 무당파를 멸문시키려 한단 말인가?"

상인의 이야기를 들은 적운비와 위지혁의 눈동자에 기광이 스쳐 갔다.

"그건 나도 모르지. 천룡맹이 무당파에 폐도입마의 죄를 묻겠다더군. 명룡판까지 보냈으니 그냥 하는 말이 아닌 게야!"

폐도입마(廢道入魔)는 정도방파에게 씌울 수 있는 최악의 죄명이었다. 말 그대로 도가문파가 도를 버리고 마를 받아들였다는 뜻이다.

명룡판(明龍板)은 해당 문파에게 자복할 기회를 준다는 표시였기에 천룡맹의 행보는 위협 수준을 넘어선 것이 분명했다.

위지혁이 발끈하려는 것을 적운비가 말렸다.

"더 들어보자."

"하지만 폐도입마에 명룡판이라면 당장 무당파를 공격해도 이상할 것이 없는 상황이야."

"지나가는 상인의 말만 믿고 경거망동할 수는 없어."

적운비의 말에 위지혁은 눈을 휘둥그레 떴다.

예전에 적운비라면 폐도입마라는 이야기가 나오는 순간

자리를 박차고 떠났을 것이다.

한데 성장한 것은 자신만이 아니었다.

위지혁은 숨을 몰아쉬다가 다시 자리에 앉아 상인들의
이야기에 귀를 기울였다.

"한데 의외로 강호인들의 반발이 심한가 봐."

"무당파에 아직도 조력자가 남아 있던가?"

상인은 코웃음을 치며 손을 내저었다.

"말이 봉문이지, 멸문은 시간문제인 곳이 아닌가. 조력
자가 있을 리 없지. 무당파가 아니라 맹주를 걸고넘어지는
이들이 생겨나고 있어."

"맹주? 그 동네 맹주는 거의 혈마교주 급으로 따르는 이
들이 많지 않던가?"

상인은 어깨를 으쓱거렸다.

"그거야 모르지. 하급 무인들이 모여서 태상의 행보를
지탄하고 있네. 게다가 태상에게 노환이 왔다는 소문도 돌
고 말이야."

"클클! 그거야말로 좋은 소식이로군. 남궁세가는 쇠락했
고, 무당파는 봉문했는데 태상까지 죽어 나자빠진다면……
천하에 천룡맹만 한 진미가 어디 있겠는가? 이거 잘하면
목돈 좀 만지겠군."

"호북하고 절강만 먹어도 천하의 부를 갈라먹는 셈이지.

이미 해도대상련을 비롯해서 거대상단들이 병장기와 양곡을 모으고 있다는 소문이 돌고 있어."

"쯧! 그럼 이미 돈 버는 배가 떠났다는 건가?"

"걱정 말게, 돈 먹는 배가 어디 한 척뿐이던가. 많이 못 먹어서 그렇지 탈 배는 많네."

한데 맞장구를 치던 상인이 한숨을 내쉬었다.

"하아! 상로를 개척하려면 호북이나 절강에 있는 상단들하고 연계를 해야 하잖아?"

"그거야 당연하지."

"그렇다면 우리는 이미 늦었네."

"뭔가? 자네 뭔가 들은 소식이라도 있는가?"

상인은 목소리를 낮추고 귓속말을 했다.

하나 그들의 대화를 신경 쓰고 있던 세 명은 귓속말 정도에 영향을 받지 않았다.

"호북으로 통하는 관도가 모두 막혔네."

"관군?"

상인은 고개를 내저었다.

"아니야. 혈마교에서 움직였네. 자네의 말을 듣고 보니 혈마교가 왜 관도를 막았는지 알겠군. 분명 천룡맹과의 대전을 준비하는 것이 분명해!"

"쯧! 관군이라면 뇌물로 충분한데…… 혈마교는 인맥이

없으면 통하지를 않아. 어디 아는 사람 중에 혈마교의 중역은 없는가?"

"혈마교랑 엮이면 장사야 편하지만, 상납금으로 인해 이득이 적어. 자네도 그 돈이 아까워서 독자적으로 상단을 운영하는 것이 아닌가."

"그거야 그렇지."

"좋다 말았군! 젠장, 술이나 마시세."

적운비는 한숨을 내쉬며 생각에 잠겼다.

평정심에 금이 갈 정도의 충격이었다.

'태상이 무당파를 노린다니. 그런 사람이 아니었는데…… 정말 노환이라도 온 건가?'

한데 그것보다 적운비를 더욱 신경 쓰게 만든 것은 따로 있었다. 무당파의 위기와 혈마교의 관도 통제가 공교롭게도 비슷한 시기에 벌어진 것이다.

'해도대상련주는 집회원주와 끈이 닿은 상태였지. 하면 천괴와 관련있는 자는 최소한 집회원주 이상이라는 뜻이야. 집회원주 이상이면 혈교주와 마맥 정도잖아. 그들과 천괴의 관계가 문제군.'

세상 사람들은 모르지만, 비공기를 익힌 무인이라면 아는 것이 당연했다.

비공기의 상극은 불가와 도가의 무학임을 말이다.

'독비룡이 제대로 내 정보를 전했다면 혈마교는 이미 내 정체를 유추했다고 봐야겠지.'

그렇다면 어느 정도 의문이 해소된다.

'나를 잡기 위해 무당을 건드리고, 혈마교로 관도를 막은 건가. 이 정도 일을 벌였다면 검천위와 혜검까지 어느 정도 눈치챘다고 봐야할지도…….'

하나 여전히 의문은 존재했다.

바로 태상의 행동이다.

적운비는 천괴와 절대적으로 관련이 없는 자를 꼽으라면 가장 먼저 태상을 꼽을 것이다.

그만큼 태상은 독립적인 성격이고, 오만했다.

만약 천괴와 연을 맺어 수하가 되었다면 지금처럼 흔들림 없이 오만할 수는 없었을 게다. 그러니 천괴와 연이 없는데도 불구하고 무리수를 던졌다면 이유는 하나일 터였다.

'더 큰 이득이 있는 거로군. 그리고 천괴의 수하들은 태상이 혹할 정도의 이득을 남몰래 전해줄 수 있는 위치라는 것도 소득이라면 소득이겠지.'

천괴의 수하들은 생각보다 강호 곳곳에서 암약하고 있는 것이 분명했다.

'이제는 천룡맹과 패천성에도 있다고 봐야겠지?'

적운비는 상념을 멈추고 몸을 일으켰다.

"가자."

"그래."

혈인은 아무렇지도 않게 따라나섰다.

적운비가 혈인을 향해 말했다.

"이건 네게 했던 약속에 포함되는 일이 아니야. 굳이 따라와서 곤경에 처할 필요는 없어."

혈인은 어깨를 으쓱거리며 말했다.

"그것도 그러네. 자! 그럼 부탁을 해봐. 도와달라고 말이야. 그간의 정을 봐서 내가…… 야! 야! 그냥 가는 거냐?"

적운비와 위지혁은 경공까지 펼치며 몸을 날린 후였다. 혈인은 잠시 머뭇거리다가 허리춤의 검을 쓰다듬었다. 그러고는 못 이기는 척 북쪽을 향해 경공을 펼쳤다.

"하여간, 부끄러움이 많은 녀석이라니까."

* * *

마태룡은 호화로운 막사가 있음에도 진채의 입구에 앉아 팔짱을 끼고 있었다. 그의 뒤로 마맥의 혈귀구천십왕(血鬼九天十王)이라 불리는 열 명의 수족이 주인과 같은 자세로 자리를 잡았다.

그리고 진채의 전방에는 일곱 명의 마인들이 운기조식을 하고 있었다. 각기 마맥의 타격대를 이끄는 대주들로 절정의 상급에 이른 고수였다.

마맥 직속의 마인 칠백 명은 각기 막사에서 휴식을 취하고 있었다. 언제든 대주의 신호가 있으면 살기를 드러내며 도열할 것이다.

"외단 무인들은?"

십왕의 수장인 혈귀마왕(血鬼魔王)이 나직이 읊조렸다.

"천여 명 정도 나온 것 같습니다. 각기 인원을 나눠 관도마다 다섯 단계의 초소를 꾸렸습니다. 괴협이라는 놈이 아무리 신출귀몰해도 천라지망을 빠져나갈 수는 없을 것입니다."

마맥과 외단의 마인들만 동원된 것이 아니었다.

혈마교의 정보조직 중 오 할을 끌고 나와 인근 마을과 관도에 뿌려 놓은 상태였다.

마태룡은 자신이 가용할 수 있는 전력을 끌고 나선 것이다.

"주군, 소신이 드릴 말씀이 있습니다."

다른 사람이라면 몰라도 혈귀마의 말이라면 귀 기울여야 했다. 그야말로 마태룡의 진실 된 수족이기 때문이다.

"뭔가?"

"괴협인지 뭔가 하는 애송이를 잡기 위해 이만한 전력을 투입할 가치가 있는 것입니까?"

"자네도 알잖은가. 교주는 정사에 큰 관심이 없어. 심지어 자신의 뿌리라고 할 수 있는 혈맥조차 관리하지 않아 세가 줄지 않았는가. 부교주가 되면 교주를 대신해 혈마총회를 주재할 수 있어. 교주를 꼭두각시로 만들고 내가 실권을 잡기 위해서는 반드시 이번 일을 해결해야 하네. 무슨 뜻인지 알겠는가?"

"권력은 부모자식과도 나누지 않는다고 했습니다. 교주가 약속을 지키겠습니까?"

마태룡의 입가에 혈소가 맺혔다.

"혈마집회에 참석한 장로들이 증인이야. 아마 지금쯤 장로들의 입을 통해 혈마교 전체에 소문이 퍼졌겠지. 교주가 일구이언을 한다면 교도들이 먼저 가만있지 않을 거야."

혈귀마는 고개를 끄덕이며 물러섰다.

"하면 괴협이라는 놈을 소신이 반드시 잡아 대령하겠습니다."

"자네만 믿네."

물러났던 혈귀마기 다시 다가와 전음을 보냈다.

[주군, 혈기량이 찾아왔습니다.]

[교주의 동생이 왜?]

[사적인 일로 근처를 지나다가 들렸다는군요.]

마태룡의 입매가 비틀렸다.

[개소리! 교주가 감시자를 보낸 것인가?]

[그것은 아닌 것 같습니다. 봇짐을 메고 혼자 찾아왔습니다.]

[들이게.]

잠시 후 혈기량이 들어섰다. 그는 마태룡에게 안부를 전했고, 잠시 담소를 나눈 후 건승을 기원하며 돌아갔다.

"교주를 닮아, 싱겁기 그지없는 놈이군."

"교주에게 빌붙어 권세를 누리는 놈이 아닙니까? 신경 쓰실 가치도 없습니다."

하나 마태룡도 혈귀마도 알지 못했다.

혈기량이 찾아와 혈기구천십왕 중 한 명과 전음을 주고받았다는 사실을 말이다.

"새로운 소식은?"

마태룡의 말에 혈귀마는 수하들을 불러 보고를 받았다.

"남동쪽에서 정체를 알 수 없는 무리가 경공을 펼치며 사라졌다고 합니다."

"남동쪽? 남서에서 올 줄 알았더니 자리를 잘못 잡았군."

"아직 확실한 것은 아니니 주군께서 직접 나서실 필요는 없을 겁니다."

마태룡이 고개를 끄덕이자, 혈귀마는 혈기구천십왕을 불러 모았다.

"주천과 양천이 남동쪽 관도를 맡아주게. 놈은 정종무공을 익힌 것으로 파악되니 정사지간의 자네들이라면 상대하기에 부족함은 없을 것이야."

구천(九天)을 뜻하는 주천마왕(朱天魔王)과 양천마왕(陽天魔王)은 마태룡을 향해 포권을 한 후 경공을 펼치며 사라졌다.

"저 둘이라면 괴협이 아무리 강하다고 해도 외단 마인들이 신호를 보낼 정도의 시간은 벌어줄 것입니다. 물론 당연히 이기겠지만요."

마태룡은 혈귀마의 보고에 침음으로 대꾸했다.

이미 그의 머릿속에는 부교주의 자리에 올라 권세를 누리는 자신의 미래가 그려지고 있었다.

*   *   *

십사 관도, 일 초소.

열네 번째 관도의 첫 번째 초소를 가리키는 말이다.

다섯 명의 마인이 번을 서며 주변을 살폈다.

하나 그들의 얼굴에는 지루함과 불안함이 가득했다.

"정말 전쟁이 나는 건가?"

송방의 말에 우각추가 코웃음을 쳤다.

"저 위에서 입으로 싸우는 자들이 결정하겠지."

"쯧쯧, 마누라가 만삭인데…… 여기에 끌려오다니 하여 간 재수가 지지리도 없구만."

"억울한 게 자네뿐이야? 다음 달이면 본교에 들어가 승급하는 놈도 있다잖아. 이럴 줄 알았으면 애향이한테 들이대기나 해 볼걸."

"애향이가 누군데?"

"기녀."

"얼마나 썼는데?"

"한 스무 냥 썼나?"

"에라이! 정신이 나갔나? 스무 냥이면 기녀 서넛은 자빠트렸겠구먼."

우각추는 헛기침을 하며 말했다.

"것도 자빠트려 본 사람이나 하는 거지. 누구는 뭐 좋아서 갖다 바친 줄 아는가?"

송방은 가래를 뱉은 후 입매를 훔쳤다.

"빌어먹을 세상! 술이나 한잔 빨았으면 소원이 없겠구

만······."

그 순간 어둠 속에서 담담한 한 마디가 들려왔다.

"거기, 말 좀 물읍시다."

마인들은 병장기를 꼬나 쥐고 소리쳤다.

"웬놈이냐?"

하나 그들은 어둠을 가르고 나타난 청년을 보고 어깨의 힘을 풀었다. 약관을 겨우 넘긴 듯한 사내는 병장기조차 패용하지 않은 상태였다.

"이 길이 호북으로 가는 길, 맞나요?"

송방은 인상을 쓰며 말했다.

"저런 정신 넋 빠진 놈을 봤나. 이 길은 이 어르신들의 것이니 썩 물러가거라."

청년은 송방의 호통에서 미소를 머금었다.

"맞나 보네."

"이 어린놈이 뭐라는 거야? 경을 쳐야 정신을 차릴 테냐!"

송방이 으름장을 놓으려는 순간 청년이 사라졌다.

잠시 후 동료들이 신음조차 흘리지 못한 채 쓰러지는 것이 아닌가.

창졸간에 벌어진 일에 송방은 호각을 부는 대신 더듬거리며 입을 열었다.

"혹시 괴협?"

적운비는 고개를 끄덕였고, 그것이 송방이 본 마지막 광경이었다. 정신을 잃어가는 와중에 꿈결 같은 한 마디가 귓가를 파고들었다.

"전쟁은 없을 거요. 그러니 살아 돌아가면 부인에게 잘해 주시구랴."

〈다음 권에 계속〉

장담 신무협 장편소설

강호제일해결사

江湖第一解事士

ORIENTAL FANTASY STORY & ADVENTURE

탄탄한 구성과 짜임새 있는 연출로 이루어 낸 장담표 무협.
상대를 죽이지 못해 암살은 꿈도 못 꾸는 반쪽 살수, 사운평.
강호제일의 해결사가 되기 위한 좌충우돌 강호종횡기!

★ dream
books
드림북스

수라

이대성 신무협 장편소설

NAVER 웹소설 인기 무협 『수라왕』,
책으로 다시 돌아오다.

산법에 뛰어난 재능을 지닌 명석한 소년, 초류향.
진리를 깨우치고 숫자로 세상을 보게 된 소년,
그가 강호에 첫발을 내딛는다.

인물들의 외전과 뒷이야기를 정리한 설정집 수록!

dream
books
드림북스

天下第一
천하제일

ORIENTAL FANTASY STORY & ADVENTURE

장영훈 신무협 장편소설

완전판으로 돌아온 NAVER 웹소설
무협 부문 최고의 인기작!

1년 후 강호가 멸망한다.
그것을 막을 자는 인시에 태어난 이화운뿐.
그를 찾아 위기에 빠진 강호를 구하라!

미모와 실력을 겸비한 여인 설수린, 수수께끼의 사내 이화운.
예견된 운명을 뒤집으려는 그들의 파란만장한 여정이 시작된다.

★
ream
ooks
림북스

금검
혈도

백준 신무협 장편소설

ORIENTAL FANTASYSTORY & ADVENTURE

『무적명』, 『초일』, 『진가도』의 작가!
백준 신무협 장편소설

『금검혈도』

누군가가 죽었는데 범인이 보이지 않는다면?
무언가가 사라졌는데 어딨는지 모른다면?
신출귀몰한 사건일수록 잘 해결하는 놈을 찾아야 한다.
무림맹 최고의 해결사인 그놈을 찾아라!

drea
boo
드림북

가우리 신무협 장편소설

대한민국, 강철의 열제 가우리가 돌아왔다!!
전쟁터에서 필사적으로 굴러먹던 인간 장무위,
그에게도 마침내 기연이 찾아왔다.
삼류도 되지 못했던 한 남자의
처절한 일대기가 이제 시작된다.

dream
books
드림북스

박정수 판타지 장편소설

FANTASYSTORY & ADVENTURE

뱀파이어
무림에 가다

인간으로서 숨 쉬는 법을 잊었으나 잊지 않으려는 자,
핏줄의 계보를 거슬러 어둠의 일족이 된 자,
붉은 눈의 그림자이며, 야현이라 불리는 자,
그가 무림으로 돌아왔다!

핏빛 눈동자로 연주하는
공포의 선율, 죽음의 송가!

뱀파이어로서 다시 무림에 발을 들인 그날에도
다만 운명은, 찬연히 빛날 따름이었다.

dream
books
드림북스

DREAMBOOKS★

DREAMBOOKS

DREAMBOOKS★

DREAMBOOKS ★